童启松

一著一

DUO●
多

YU●
余

DE●
的

XIAN●
弦

春风文艺出版社

·沈 阳·

图书在版编目（CIP）数据

多余的弦／童启松著. --沈阳：春风文艺出版社，
2025.1. --（中国诗人）. --ISBN 978-7-5313-6865
-6

Ⅰ. I227

中国国家版本馆CIP数据核字第20247K8T24号

春风文艺出版社出版发行

沈阳市和平区十一纬路25号　邮编：110003

辽宁新华印务有限公司印刷

责任编辑：韩　喆	责任校对：赵丹彤
装帧设计：Amber Design琥珀视觉	幅面尺寸：125mm × 195mm
字　　数：136千字	印　　张：7.5
版　　次：2025年1月第1版	印　　次：2025年1月第1次
书　　号：ISBN 978-7-5313-6865-6	定　　价：50.00元

童启松和他的几个关键词

——读童启松诗集《多余的弦》

刘 川

　　一个诗人无论如何挣脱不了他自己的手掌心——我是说，诗歌作为与诗人同体成长之物，一定与诗人拥有着一样的生命线、情感线、智慧线。如果拿这样三个尺度去衡量、考察一个诗人的作品，基本是准确的。诗人童启松也不例外，但同样生活在当代同质化的日常空间中，他的作品何以具有迥异于当代诗坛集体调性的个人鲜异性？我倒是觉得他掌心的智慧线可能更长。一个诗人如何调动其智慧（亦即思的部分），而不仅仅是文采，或许是一个大话题。如果放下一个有限时间段内的集体审美偏好，拉长距离去阅读童启松的具体作品，我们会发现，这个诗人或许比我们早出发了一步，他触及的命题，他书写的事物，是未来角度对我们意味深长的一个"回眸"。是的，这是用思考写作的诗人。我打比方说，他可能受到掌心"智慧线"的冥冥援助。

以读懂为目的去阅读童启松，是困难的。诗当然不以能懂为标准，但也并不是说诗是无解之谜。诗，有自己的入口与出口，让读者获得一种独特的审美体验与神思超拔。童启松的作品，也有他一整套的内在逻辑。为了破解这个诗人魅惑一般的独立存在，我还是采用最简单的办法，梳理出若干关键词，从而让大家一起靠近观看他的掌心的智慧纹理，并分享这些诡异而别致的诗作。

科学

一般认为，科学诗是以科学知识为题材之诗，乃科学与诗相结合之产物，具有艺术的形象性和科学的知识性，是普及科学知识的工具。从这个角度去看童启松诗的科学性是不够的。我认为，童氏之诗并无意于科普或者阐释知识，恰恰相反，他要用科学（以及置身于科学视野）来观照生命的存在感，干预心灵的建设；也就是说，他的作品努力达到的是在更前瞻、更幽微、更客观、更幻灭与变化的时空里去触及人之为人这个命题。这样的诗不仅仅是科学题材的书写，更是借助科学呈现文学的书写。

不妨一读《时间刻度》："时间只是，生命的刻度/原子钟的振荡，只是/量子跳跃的计数，宇宙从来没有/时间的起点，也没有时间的归宿//寂寞的虚空飘游着一个/抑郁的幽魂，不知道/还有没有/永恒的情感，在等待黎明的窗口//雪白的鬓发过早，飘飞/无助的染发剂涂了又抹/黑暗的夜裹挟着几声哀叹/相望的魂灵，飘向两个平行宇宙//不停止的雨滴溅起千花碎玉/天空在虚妄中停止了，挑逗"。

"永恒的情感，在等待黎明的窗口"，这样与时间对峙，正是生命的意志与价值。即便"相望的魂灵，飘向两个平行宇宙"，我也觉得时间在我们的生命里，是情感的载体与记录者。

梦

梦是一个说不完的大话题。前哲说，神话是大众的梦，梦是私人的神话；前哲又说，梦是一个人与自己内心的真实对话，是另外一次与自己息息相关的人生。

古时诗人说：花非花，雾非雾。夜半来，天明去。来如春梦几多时，去似朝云无觅处。

我注意到，今人当中，童启松可能是写诗最具有梦幻感的一个。他几部诗集里大量的作品都触及这一朦胧多变不可捕捉的主题。我不知道套用弗洛伊德《梦的解析》来阐释童启松的写梦诗是否妥当，但我还是愿意把他书写的梦境不只当作一个潜在的心理现象看待，而是更多地当作一个大文化视角、一种集体意识或者总体性思维。比如，我国取下的月壤有一部分放在了湖南，他特意为之写了一首《星辰之梦》："宇宙深处藏着一个梦/亿万个星系在演绎宇宙活力/有多少个太阳照耀，照耀那/外星系的智慧，有没有嫦娥奔月般浪漫婆娑//祝融在火星上寻觅星外来客/寂寥的乌托邦平原会不会因为太过冷漠，没有留住/不惧冰寒的雪莲，继续在荒原绽放/或许是，太阳系没有打开对外的窗口//外星智慧的家园有没有/东升西落的太阳，洒下无数金光/玛雅太阳神庙的祭坛藏隐，虫洞/消失的神秘一族，又去了何方//九天揽下的月壤，在湘江悄悄遐想/宇宙的边缘，还有多远"。你看，这首诗里，诗人以人类群体身份张望宇宙，做了一个宇宙大梦。这样的视角，既来自诗人宏大的宇宙观，也来自他探究生命本源的人生观。

他大量的书写，即便不是直接书写梦，也带了梦的视角，从时间、空间的不确定，事物的如幻状态，去唤醒处在"具体""真实"中的读者，去面对未知。

新词汇

童启松的诗歌异质性突出，不断给读者带来挑战，甚至大大小小的"冒犯"，因为他运用的语言是一种介于古典与未来、诗学与科学、美与思之间的语言。我为之捏了一把汗：当下更多的读者的胃，只能消化唯美的意象化的诗歌语言，而对于其他领域广延的、裂变的、出离的、学科的语言，基本没有消化液与转化酶。这就涉及当代诗歌转型的问题，从古典主义语境到当下的实存场景，诗人是搬运工——是把过去的风花雪月搬运过来，还是因地取材使用量子力学、大数据、芯片这样的词汇来描摹我们的处境，哪个更准确？

《永生新潮》："下水道堵塞着遗落的基因密码/打不开消逝的时空尘封的记忆/破碎的梦飘浮在虚妄/不知道什么时候捡起梦呓//百亿光年的骚动/淹没了太多的过往云烟/三叶虫或是恐龙都无法拖住/镜中花的绚烂，成了化石//狂妄自大的智能，想复制/人类的情感，接上/芯片组上传的灵魂，换一个/永生的意义，深度算法成了幽灵//神经元网络烟波缥缈，四维空间/没有时间维度，记录依托的故事"。

这样的作品中，陌生化的词汇，不仅没有阻隔我们对情感的表达，反而因为把读者置入新潮的场景，使读者必须直面安全的古典美学之外的未来美学、后现代美学。就像不能回避自身一样，我们不能回避当下的语言。童启松的新词语并不是刻意的，而是一种大视野中的对人自身的反观，是一种自然而然的态度。

古典

其实，我想绕过这个关键词。因为之前在别的文章中我分析过从古典主义，主要是传统诗词领域移步过来的童启松。但最终，即使分析这个诗人的现代性，也还是绕不过去他的古典语言方式。可是如果说童启松的诗有古典性，就显得分裂——一个诗人是如何用大量科学性的学科语言和古典语言进行一种复合写作的？那就是才子诗人加科学诗人加文化加科学的神奇结合。

《葬花》："不知不觉，葬花已经年/年年葬花过了/葬花的旧年/青冢里的花魂/重生了几十春寒//秋风吹来低泣声/葬花情愫，天命云烟/悲泣满天何处再寻葬花人/风雨雪霜，林妹妹已回幻境潇湘/片片诗情犹如火中焚化的蝴蝶/只余下江南软语，声萧萧无言"。"火中焚化的蝴蝶"这样的语言已经不仅仅是古典意象，更是裂变后的蒙太奇语言。这样的作品给读者的绝不是简单的悲伤与哀婉意境，而是不可名状的幽深的思绪与感受。

史前冥思

与大面积流行的知识考古学不一样。童启松诗歌在特殊的角度上处理和发掘着古迹。拿《玛雅》《三星堆叙事》《浙赣线遗址》来看，他把这三个场放到时间、空间里去挖掘，不是挖掘具体的文物或历史凭证，而是挖掘一种存在、一种思维的尺度，不是挖出一个答案，恰恰相反，是对考古的推翻，要用古迹去质问人类、考察人的来路与去向，古迹成了挖掘人类价值深度的工具。"广袤的天空，几块耀斑/喜马拉雅遮住了，对视的眼"（节选自《三星堆叙事》），可以说，诗人勇敢地抛弃了古老文明拥有者、缔造者子孙的傲慢，而是质疑，我们对历史知道什么，文明在浩瀚时空中是什么？这样挖掘内心，让人一边汗颜一边警醒。

杂糅

杂糅是一个诗学课题，但没有得到广泛共识。若是说到一个近似的概念，其相关研究领域的著述却早已汗牛充栋，它就是互文。互文这个词被使用和被赋予不同的意义，以至于它已然成为文学言论中含混不清的一个概念。大家印象中的诸如拼凑、掉书袋、旁征博引、人言己用，或者对话，其实都可能是互文的手法运用。童启松的诗，当然也有这样的手法大量运用，可是我依然标注了关键词：杂糅。我觉得杂糅的最高境界是会通，在词汇语义学层面与修辞交叉的表达层面，童启松利用着的不是两个不同文本之间发生的互文关系，而是把两个不同文本捏合到一起的相互融合关系。

诗歌，是在它与世界的紧密关系中写成。它必须面对自身处境与自身历史，而彼此发生融合是躲不开的，童启松努力让他的诗去吸收科学、哲学，扩大了诗学的空间。这种吸收目前看可能还不够成熟，但作为一种开先河的写作，他的标杆价值不可忽视。

当然，还有其他大量的关键词，可以做通向他诗歌外围的钥匙，而抵达他诗歌的内核，可能并非几个关键词就能够做到。我们要期待、等待、注目一种处于可能性与成长期的诗歌倾向，从这个角度说，前瞻性、探索性，是童启松的诗歌给我们的价值引领。

是的，童启松的诗歌写作呈现出来的这样一种强烈的"异质性"，与当下流行表达形成清晰的差异。这种特殊的个体气质不是作者刻意为之，而是内在精神的外化，也就是说，这个诗人本质上就是一个与众不同的人。与其说他在民间写作、知识分子写作的两大主体阵营中间发明了自己的"第三条道路"，不如说他一直就走在自己的道路上——希望他掌心的智慧线，拉伸得更长，出离得更远。

目　录
CONTENTS

如　梦

目　　录
CONTENTS

目　　录
CONTENTS

目　　录
CONTENTS

目 录

CONTENTS

目 录
CONTENTS

目　　录
CONTENTS

目　录
CONTENTS

目 录
CONTENTS

目 录
CONTENTS

如 梦 ·

山谷之夜

不忍让手指轻轻触摸

那让人心醉的画境

真想羽化为一只蝴蝶

享受这迷人的心灵

画家的笔

拖动牵魂的梦

渐渐走进茅草屋

深邃的夜空

迷人的山寨

绿绿的叶

遮盖着裸露的心

穿行在蒙蒙的夜色

夜空吐露着

温馨的笑脸

蟋蟀尽情释放

跳跃的音符，和着

木屋流淌的琴，上演

一出幽谷交响

黄鹂清丽的歌喉，迎合着

那迷人的心律，数落着

一个个音符，叙述着

一个天国的乐章

一个远离尘嚣的世界

飘摇在，无人问津的歌谣里

膜 拜

走进圣殿

奉上哈达

无所不在的佛

敞开万物包容的胸怀

赐一顶灵智的孜夏[①]

佛的界跨过

天边的地平线

飘的幡，传导神的引

菩提树下的悟

经叶翻过，流出

一串串经典

太阳的光芒普照

万物的神种下，一颗

小小的念，自在的思

忽明忽暗的灯

放出星光

---

① 尖顶帽，藏语。

远行的僧

捧起净土，心渐渐

回到寂静的

神堂

时间刻度

时间只是，生命的刻度
原子钟的振荡，只是
量子跳跃的计数，宇宙从来没有
时间的起点，也没有时间的归宿

寂寞的虚空飘游着一个
抑郁的幽魂，不知道
还有没有
永恒的情感，在等待黎明的窗口

雪白的鬓发过早，飘飞
无助的染发剂涂了又抹
黑暗的夜裹挟着几声哀叹
相望的魂灵，飘向两个平行宇宙

不停止的雨滴溅起千花碎玉
天空在虚妄中停止了，挑逗

四维空间

没有时间的站台，流动
成了没有次序的混沌
无法定形的空间，时空
在混乱中流逝，消散

内外连接的情感没有依靠
能量太多隐晦，难以把握的思绪
在风中奇遇孽缘的情感
四维空间无法，收藏

快速路坑坑洼洼看不清方向
颠簸的行程有太多的幻想
宇宙里有没有另一个纠缠不清的幽影
深邃的星云掩隐着一个个梦幻

均质维度空间与时空如何连接
能量场域多了几分波动的，痴想

迷　惘

一个庞大的细胞结构
打印出，无法复制基因密码
原子核的叠加，构建
千亿光年的畅想

膨胀的思绪混乱
荒天还有没有鸿蒙的起点
永恒，有没有站点
弦，拼接了，几个疑惑的节点

无法连接的数据
在奇点无助地发出信号
轮回，是不是这一世与前一世
存在同一个爱恋

时空在思维维度
迷失，虚妄找不到来世的思念

陷　阱

一个千年设就的陷阱
情感在溃烂中悄悄重生
情不自禁的脉动，停不下来的编程
深渊里的泪痕淹没了，悔恨

随意丢弃的暧昧没有弄懂
情已逝还是错过了，班车
几世许诺有没有记忆
风借雨漂泊无定，虚妄无极

诡异笑靥，深度算法没有算清
量子方程的答案太过糊涂
玉觞空了，一壶清酎醉了
浸湿的碎心飘浮在云天

梦呓在晓晨寒露里结了
一层，厚厚冰凌

宽　窄

没有计数的脚印，层层叠叠
无序散落在宽宽窄窄的巷
时间的影子飘过，几春又几秋
落下，多少故事

雕梁画栋的门楣错过了
几进花轿的盖头，轻声抽泣
青涩的盖碗茶调侃着，漏风的茅草屋
玉箫变脸，没有听清掏耳朵的吆喝

叽叽喳喳的小曲淹没远处，更夫的无语
虚空中的雨滴怎么也弄不清
峨眉山数不尽的猴子，有没有念恋
金顶浮光

打着饱嗝的情感泛起火锅的暗昧
滴滴答答的屋檐溅起几个，泛黄的醉梦

永生新潮

下水道堵塞着遗落的基因密码
打不开消逝的时空尘封的记忆
破碎的梦飘浮在虚妄
不知道什么时候捡起梦呓

百亿光年的骚动
淹没了太多的过往云烟
三叶虫或是恐龙都无法拖住
镜中花的绚烂，成了化石

狂妄自大的智能，想复制
人类的情感，接上
芯片组上传的灵魂，换一个
永生的意义，深度算法成了幽灵

神经元网络烟波缥缈，四维空间
没有时间维度，记录依托的故事

宇宙流苏
——拉尼亚凯亚超星系团

一串串色彩绚烂的丝带
穿起一个个星系
巨大的超星系成了一颗颗
明珠，飘缀在虚无缥缈的空蒙

娇小的银河牵着，太阳系
悄悄地挂在流苏的角落
几亿光年的飞扬，地球人只是
这流苏上，一个不起眼的来客

不知道这流苏是否，是那
宇宙皇冠，定制的佩饰
那皇冠上的流苏，是不是有太多
遗落飘忽不定的迷惘，幽游

无边无际的虚妄何处有缀满流苏的风裳
飘逸的星云中央会不会偶遇，窈窕淑女的痴情

星辰之梦

宇宙深处藏着一个梦

亿万个星系演绎宇宙活力

有多少个太阳照耀，照耀那

外星系的智慧，有没有嫦娥奔月般浪漫婆娑

祝融在火星上寻觅星外来客

寂寥的乌托邦平原会不会因为太过冷漠，没有留住

不惧冰寒的雪莲，继续在荒原绽放

或许是，太阳系没有打开对外的窗口

外星智慧的家园有没有

东升西落的太阳，洒下无数金光

玛雅太阳神庙的祭坛藏隐，虫洞

消失的神秘一族，又去了何方

九天揽下的月壤 ①，在湘江悄悄遐想

宇宙的边缘，到底还有多远

① 中国从月球取下的月壤有一部分放在了湖南。

不该存在的恒星

大爆炸的按键按下不久
三亿年，锂原子恒星遗落在银河
一个也许，不该存在的恒星
捅破了地球的认知边界

不知道大爆炸前，宇宙
是一个什么样子，为什么
只一个奇点，就可以装下
无边无际的天空

也许，这个奇点太过庞大
还是本来，就没有这个奇点
一个有些许错误的理论，欺骗了宇宙
还是，宇宙外的空间不屑于给愚蠢的人类指点

宇宙在奇点中爆炸诞生，成了最大的漏洞
可人们只相信自己的，字典

多余的弦

虚拟空间，十几维度
M 理论，换了一个马甲
弦，悄悄弓着掩藏
一个个，虚假的结界

没有时间维度的空间
哪来前世今生的约定，眷恋
来世再见的相诺，在虚妄中
抑郁地等待，没有意义的痴念

一切虚妄都在揣测，神的意志
在宇宙设了，几个
宜居的星际站点
何处可以找到，辉煌的宫殿

误导的生灵有太多的，痛点
太阳耀斑幽影，成了星外来客欢宴

无边的寂静

几百光年的等离子烈焰
铸就一把宇宙之剑
黑洞里的眼睛注视着
桀骜不驯的流星，斩灭

宇宙的虚实在离散间转换
涨落的爆炸太远，声音
没有跨越真空的检点
湮灭在冰凉的极点

没有时间的计数
无法找到宇航的站台
跃迁也无法到达
无边寂静的岸，何处有爱恋

蓝天白云安置了几段
地老天荒的缠绵

玛　雅

三千年一段情仇
一块大陆掩隐着一个
宇宙，星外来客的传说
石块砌起一堆，迷惘

太阳神注视着，城市丛林
月亮神悄悄编织一个，旧梦
献祭的血渗进了，金字塔
飘向，星际迷航的站台

北纬三十度的协奏
一曲世界末日的悲哀
还是意外与祖地虫洞，接通
在烟消云散的黑夜，不知都去了何方

蚕丛与法老早已，告别
巴比伦遗落，打开虫洞的密码

三星堆叙事

祭祀残片泛起，黄金底色
大大小小的猜测，拼凑起一份
容颜，有太多时空阻隔
蚕丛留下假面，怒目突出不止一点点

神树与鸟，在泥土里发呆几千年
破碎的权杖没有说出是谁的遗言
虚幻的符号露出些许端倪，青铜收藏着
几千里之外赣江吴城
煮酒的鼎同一个矿脉

良渚的玉温润着，长江流域
几段，挥之不去的眷恋
悄悄穿起，洪水滔天的记忆
殷墟的甲骨忘了，忘了
记住浪花的沉眠

广袤的天空，几块耀斑
喜马拉雅遮住了，对视的眼

浙赣线遗址

瘦长的路基上在建，一座
公园，原来穿过的铁路线
早已移到了城区的北面
挖掘机挖了又翻，不知想捡拾历史的哪一页

是在寻找筑路时遗落的螺栓
还是翻看几十年的心酸
不时的轰鸣声飘来不断变化的，嘈杂
分不清是民国的官话，还是普通话夹着方言

沉重的车轮载着上海滩西撤的纺机
躲过轰炸，急切地压过这红土地的哀伤
好人好马上三线，全封闭的车厢又拉着机器
一路激情澎湃，从东飞来又快速奔向西南

来来往往一个个幽影隐约飘过，只有
那路基旁高入云霄的雪松，还在寂寞地等待汽笛
拉响

欺　骗

一个装饰成被欺骗了的，谎言
在混乱的时空频道，振荡
没有意义地在虚空，跃迁
满是醉意地寻找情殇

病毒蔓延偏离了轨道
到处肆意地变异，留下凄凉
河流与小溪拌嘴溜到大海
掩隐在风暴里的抽泣，掀起浪涛

闹腾和咒语难于和解
祭祀的祭坛没有遗梦云烟
千年的祷告撒落一地
无法解读，幽魂哀号

寂寥宇宙外有太多虚妄，不知道
荒古的黑洞，有没有天堂

兴 许

总在不经意间冒出

一缕愁肠，细雨打湿

飘飞的风裳，一声哀叹

远处，不远处，都是回不去的心酸

冬天的日子储藏，四季

纷乱芳菲，不时发出惊惧

云天白影，在迷惘中离去

羞涩的萼瓣，在花开花落中重生

秋风秋雨，借不来春天的花絮

满天的枫红伴着，一片片

银杏叶金黄，幻入余晖摇曳

抑郁思绪在虚空，梦呓

没有酒的盛宴余下一个，兴许

无边无际虚妄纠缠，想要一个偶遇

愁　思

一抹夕阳，挥洒
悄悄融入星星闪烁的夜
深邃的灰暗似乎
没有一丝丝，脉动

是百亿光年的深邃
没有理解飞花的情感
还是绚烂的流星
有太多的选择

花蕾在梅雨季节，无助
不知幽影，是飘入
漏风的茅屋，寻找
还是在虚空中，迷惘

没有痕迹的心愁想牵住
却不知，哪一缕彩虹

沉　梦

没有问，关闭的心扉
有没有一个小小的，虫洞
没缘由随风飘落，卜卦
一把辛酸浸湿相思，无助

缘深缘浅挂上岁月的枝梢
摇曳的愁怨，有没有
花开花落重生的，回归
虚掩的门轴，几度生锈

混浊的泪珠，化作漫天雨雾
虚空飘起白雪，风月
在寒露中渐渐流失，温度
那手心的记忆，落下一串字符

原来虚游也有恨
不住地梦呓，沉入又一个梦

话　别
——送别袁隆平先生

天上的田野，需要

你去打理一片荒原

杂交稻飘入无边的海岸

落霞与孤鹜在虚空架起彩虹，把你相邀

不要把牵挂留给，万万同胞

不能忍受的饥饿已被你赶跑

泥土的芳香在你的裤腿缠绕

爆开的稻壳留下了你的密码

你颤抖的手翻过，翻过了

贫瘠的土地没有琼浆的暗殇

不老的岁月，陪伴你度过易老的年华

似水流年留下了，不朽神话

满天的细雨在悄悄与你话别

不尽的哀伤，融进无边无际的青苗

意 识 体

意识体幽游，宇宙

暗物质构筑了一个王国

低熵世界太过渺小

难以窥视虚妄，宇宙奥妙

智人冥想，那宇宙深处

有没有，玻尔兹曼大脑

随机涨落的熵渐渐降低

自然状态，产生一个新的畅想

只是，这随机涨落的意识体

有没有外星人纠缠

突然降临，这无数的意识体

是生物载体还是只是，虚无缥缈的幻影

无影无踪的幻影是否有更高维度空间

虚拟幻游可否与上传芯片，连接

光的闪念

把光锁进晶体
想载上一串串密码
慌乱的光子停下了
听到了，人类的呢喃私语

60秒，100秒，迟疑
留下多少
无法忘记的颤动
啪嗒啪嗒激荡在笑靥里

光速恒定的故事
需要，与爱因斯坦商榷
光变成了粒子，还是
晶体的真情打动了光波动的心
留下了，一个个问号
几个，梦呓

无　解

一个漆黑的屋，还有谁
敲门的声音若有若无
一个人的世界，怎么
还有，另一双叩门的手

宇宙风不停吹拂
太阳还没有挤进，恒星俱乐部的门缝
无法数清的绚烂星系
飘摇在无边无际的虚空

太远的声音无法听清
玛雅谜语无法读懂
金字塔裹挟着象形文字
想找到泥板，看楔形文字里隐藏的虫洞

兴许，相对与绝对都错解了
那个不确定的函数

不要回答

不要回答，几万年前的宇宙射频
或许，外星人在寻找低等文明的坐标
几亿年的时差，人类是否
做好了，在未来迎接一场可能的屠杀

新石器时代，有太多疑惑
金字塔三星堆玛雅文化，还有
美索不达米亚，统治几万年的王
谁能知晓，史前文明为何消亡
人类文明闪耀，时光太短
工业化，人工智能起步蹒跚
自大的人类就自以为，可以
独自称霸
　"三体"的猜测也许是，一场
未来，人类无法承受的殇

破碎的记忆

谁能修正，神经元错位
信号连接乱了，找不到麻木的细胞
神经突触黏糊还是，血栓
迷惘，专家没有确切的诊断

储存空间漏了，十年后的手机
找不到十年前的号码，微信
故旧亲朋的幻影，时不时显像
梦里错过的情愫还没有来得及表达

几件衣裳洗白，衣柜
棉袄貂皮布褂西装，找不到
初见的靓装，遗落角落的呢喃
塞满记忆碎片，短路

血管里的斑点堵住了通道，颤抖的笔
找不出翻开的哪一页要写个句号

远离的太阳

每天用燃烧的方式
悄悄减少自身的能量
光和热洒向地球
温暖着一个个寂静的夜
不让极寒侵蚀云天的风裳

轻轻挥一挥手，牵着
一串行星，行走在银河
跟着本星系挂在宇宙流苏末端
在宇宙中飘游，没有
没有来得及补充能量

健壮的体魄日渐，消瘦
喘气的呼气声随着太阳风
抵御着宇宙射线的袭扰

牵扯的引力渐渐过了山脊
渐行渐远成了，不舍的悲凉

小 雨 伞

打着一把小小的雨伞

愁悒地穿行在，公园的步行道上

东张西望地寻找

那个迷茫的圆点

红的绿的或者，蓝的黑的

不断漂流的雨伞，都不是

那念想的幽影

悄悄地打量

那汉服飘逸的丝带

想那香囊是不是挂在，蛮腰

可那芬芳总是溜得太快

不是同一瓶香水飘出的馨香

也许那暗昧的味道，已在

雨雾中遗落，飘洒

细细地聆听天籁般的私语

却担心不小心露出了真情

梦中的呓语吐露着心声

飘啊飘啊不知道飘去了何方

愈来愈多的脚步声

掩隐着一个个曼妙的音调

矜持的呢喃似乎近了

又好像在匆匆告别离去

没有微笑的笑靥漾起一朵朵雨花

那雨花凝固了

凝固在朦胧的树梢

颤悠悠幻入，云烟

一支雪糕

为吃一支雪糕，独坐空山
把门票记上
红票半张

夜幕下静思，是这空山贵了
还是雪糕贵了，一数星星
拉下了，几段贝多芬的华章

星星却不买账
总是留着几个音符不响

可能还是占了便宜
几分钟的孤独，牵来了
一缕淡淡的幽香

虚　拟

热寂的恐惧在虚妄中惊醒
也许只是一个梦，宇宙
还有一个更高维度，控制
反物质无法完成，最后的毁灭

无法找到
爱情脉动在宇宙畅想
爆炸起点忘了，按下启动键
星系一个个溜出了奇点

不均衡燃烧，照亮了
极度无边的虚无，缥缈
恒星客串，风裳上流苏玉珠
在虚空中寻觅，宜居的窝点

深度算法的结界有太多无奈
黄金币支付不了，一点点

反 物 质

宇宙爆炸，物质反物质混沌
魅惑态随机转换，成为魅惑梅森显像
空间一瞬间在虚妄中流淌
物质世界有更多梦想

一个猜想还是真相
不甘湮灭，魅惑介子挣扎
燃烧起烈焰，把反物质阻断
星辰雨花，在虚空绽放

黑洞举起离子剑
引力波荡漾，绚烂星光
宇称不守恒牵挂着
愚痴流苏寻觅，一个梦幻情感

眷恋飘浮，那温柔不变
变脸幽影戴着假面，翩跹

胡

昏暗灯光，编织几声吆喝
机器的转动轻轻地颤抖
东南西北风拂过
悄悄把砝码，换手

开心的欢悦却落着黑眼圈
没有意义的节奏连成了一串音符
谁说娱乐圈都有，潜规则
纤纤玉指滑落，心跳的幅度

密闭的小屋听不见，雨滴
在飞檐滴滴答答的呢喃
雨花流过的小溪涨了又枯

满空的云裳漏了，一个
季节的温度，似乎又换了
疲惫的背影在黑夜，迷惘

接　入

鸿蒙的路上，接入
一个未知的波动有些许
无助，疑惑不定的迷惘有
几分醉了

格物，力量无穷的留恋
在飘浮的混沌，有一声怒喝
雨滴中的声音乱了节奏
结伴同路，就算惊雷也无须停下脚步

手游，有太多手游还在后头
只因那是山海经的起点
没有硝烟的血性悄悄洒下
纠缠的量子掩隐在物联，一网兜

一个个生态连接，哪怕自娱自乐
雨花溅起，河江汇流

错 音

不小心打破相思的心愁

却又把假面装扮成情感的无助

破碎的恋情还能不能倾诉

一个游离的幽影徘徊在夜空

心与心不知道如何勾连

无法用文字叙述的情感还给了虚空

满空雨幕飘啊飘啊

找不到那滴泪珠

这世间本无真情与假意

只是想得太多，期望得太多

无奈偏离的情感难以回收

没有意义的挣扎乱了

拨乱的琴弦在轻轻颤抖

绕梁的余音袅袅，遗落

错了的音符

弦　梦

北风悄悄地在琴弦上滑过
破碎的音符不知道如何弹奏
空气的呼吸声没有了节律
一缕抑郁的情愁碎片，飘浮在虚空

梅花三弄低吟，浅唱
憋着些哀怨，抽泣的云裳无助
飞檐在滴滴答答静静地伴奏
溅起雨花开了又碎了，一地泪珠

龙涎香缠绕在雨幕牵住情愁
没来得及存储的记忆有些许寒冷
梦中的欢悦为何断了又续
也许那就是一个，梦中梦

没有拨动的心酸，浸湿满天雾霭
忘了收起泄漏的情感，飘浮

错　位

奄拉的肌肤没有皱纹
掩隐的新生过了，时空
飘飞的情愫加快呼吸
脉动的左心房肥厚
舒张压乱了节奏

找不到虫洞，镜花飘落
弥漫的偶遇不是千年的约定
只是换了一个眷恋的幽影
云裳飞扬不知去处
手心冰凉没有温度

惊恐的眸没有射出，迷惘
没有意义的问号，错了
错了的标点符号在虚空飘游
无助的心愁没有着落

时 雨

枸杞花含着馨香，悄悄闭上眼眸

合欢花摇曳在树梢，等待

等待那个约定，梅子黄时

雨停不下，倾诉

闪电在摧残萌动的萼瓣

雷声惊吓出，一缕潮湿的心愁

雨丝没有歇息的意思

不停的雨幕掩隐着一片空蒙

漫天雨花，争先恐后绽放

碎了又带走一个个梦呓

原来那枝头还余有翠禽的呢喃

幽影醉了，竹马想留住

青梅手心的温度

水花溅起，飘入朦胧天幕

涨满的流溪带着呓语进入虚无

空间撕裂

撕开空间裂缝，人们
无法猜想，那里面是什么
空间乱流还是一个黑洞
或者是什么也没有的，虚空
穷尽脑汁的想象，极力描绘
一个从来没有体验过的维度
迷惘幻想，悄悄泛起涟漪
平行，或宇宙转换镜像模式
飘浮的泡泡，装满整个宇宙
三千世界冥思，一花一世界
菩提树下的幽影，在高维度飘移
前世今生的情感可以自由选择，组合
只是那混沌时空太过缥缈
没有导航的星际
随机穿越没有坐标

心 锁

一把锁开启，一扇门
却不一定，能打开一扇心扉
忘了钥匙寄向谁
开锁的技巧又如何
骗过，情感的迷痴

错位的锁芯，试过几把钥匙
可以悄悄窥视，那错过的心愁
不尽的幽怨在虚空
带着解不开的结，幽游

落入红尘的碎心飘浮着
有多少，不堪回首的记忆
在虚妄中渐渐遗落
只余
那止不住的桃花雨，羞答答
挂在枝梢，时不时回眸

无 名 花

一抹绿带着仙气
在花盆里矜持了很久
大家都不知道
这似花非花的，会不会是
不知名的毒物

无法解读的花语
悄悄泛起愁绪，哪一天
才是云开雾散的日子
娇颜只好静静地带着
没有名分的迷惘，伴着这花花世界
换了一个又一个，花季

激 光 束

一束激光轻轻滑过
虚空撕裂，聚变出新物

衍射光谱彩带裹挟巨大能量
刺穿虚空防护
天幕破了一个洞
有些念想纠缠了几个虚拟
星外智慧能不能接到
这无心信号，造访

寂静深空是否在悄悄揣测
那愚痴的地球人，不知天高地厚
还是太过寂寞，想跨越银河
到外星智慧家园，做客
能量波动带着星辰之梦
游荡在无边无际的虚空

妇　好

万千登旅，向西北
攻伐，西天冲杀而来，羌夷
锋利剑芒，割下一个个头颅

西域美玉装满战车
遗落下几块，成了佩饰
在裙摆上熠熠生辉
祭品，异族头骨在墓中沉寂
时空一霎，凝固

几千年魂铸
强汉，唱起大风歌
虽远必诛，犯大夏者
虽远，必诛

尘　埃

彗星裹挟着奇妙分子

在宇宙飘游，流星雨

绚烂，不知何时留下生物的畅想

生命在四季风雨中，诞生

亿万年，基因密码记下

一天二十四小时

一年三百六十五个，日出

不知是原生还是星外来客

几点绿渐渐覆盖，天空渐渐蔚蓝

花开叶落，成就了四季

亿万年几个轮回

三叶虫成了动物的初始

恐龙成了古生物化石

人类迭代进化一个，又一个突变

来来去去迁徙，遗落

荒古传说，山海经记下

太多模糊的洪荒故事

贾湖村骨笛吹响，哀曲音符

符号，成了文字滥觞

土陶溢满，葡萄酒余香

迷失千余年的华夏，是否藏在虚妄

二里头城邦，掩隐着神秘面纱

良渚古城彰显，大禹九州风范

三星堆祭坛翻出面具，重重迷雾

青铜神树呼唤金鸟，飞向

千里之外吴城，鼎罍沉欢

金沙惊现星际迷航，幽孤幻影

登旅伐蜀，殷墟甲骨占卜

无法解开奥秘，深度算法也无从演化

玛雅还是，埃及金字塔

幻化云烟散尽，浮飘

楔形文字混乱，弥漫苏美尔王虚影

几万年的阿努王国，叙说一段缺失的神话

拜占庭传承，积淀更替几多世纪

罗马遗迹，没有留下开启秘密的钥匙

只剩下一个个，不知如何解读的谜团

蒸汽机终于，开启无限动力

卷起一阵阵风暴，启蒙

复兴的文化戴了，一副复古的假面

光鲜的内里，有太多的肮脏

后工业时代还是生物智能，一体化

张狂，绿洲滑向温室的门槛

闹出一串串动静

九天揽月，飞向火星探查

外星人的跳板，还是

智慧生命废弃的旧居

淡水空气阳光磁场，适宜的温差

都没有，恍惚中似乎有一道幽影徘徊

未知的惊恐，不知

不知道，太阳光还有几亿年普照

疯狂地无度消耗

还有多少日益稀少的资源

有太多期待，虚拟结界

梦想，带着地球流浪

费尽心思寻觅，靠大数据猜测

哪里还有一个宜居的去向

一张张破网挤占着虚空

战战兢兢偷听，宇宙外奥秘

天眼，睁开巨大的美瞳

不停搜索，似是来自天外智慧信号

就不知外星智慧有没有，破译

这百余年，电离层漫天漏出的无线信号

有没有，连接星际导航的脉冲星

导向，寻找太阳系坐标

旅行者飞离太阳系，光年旅程漫长

柯伊伯带小行星，会不会

把它，撞击成碎片

奥尔特星云轻轻抚摸

星辰幻想，飘浮的梦呓

在呼啸的宇宙风中飘摇

逃离还是守护太阳系，菩提树下冥想

开启还是关闭，一扇扇天窗

时间变奏

找不到方向的时间，被
过去的事件纠缠在一起的
乱了思绪
不知道现在的想法能不能改变，过去的爱恋

扭曲的空间在虚妄中定格
时间在重力场的差异，搅动了
爱情的故事，错过了一个个节点
无缘无故失落的情感在风中，发嗲

没有意义的时间偷偷溜走
生命没有了计量，想把爱情
演绎成天长地久的谎言
永恒的情感充满宇宙星辰的每一天

梅

早春你就掩隐在梦里

冰冷的南枝云朵，幽影

晃动的枝丫似乎醉了

醉了的翠禽没有，说话

不忍惊醒梦中的花魂

几滴眼泪凝成了，雨露

飘飞在风的梦里，呢喃

什么时候相伴去访问，春天的雨滴

傲霜的情感，没有留下痕迹

欲飞的萼瓣羞红

没有问那远去的约定

昨夜满天星辰为什么一下无踪影

无意的水花溅起相思

精致地浮在，飘摇的虚空

妈妈的故事

二十岁开始爱的故事
陪伴了，后半辈子
换来一个个，爱的一辈子
那是一个个理不清的情愫在传递

晃动的影遗落在故事的日记里
轻轻抹去，嘴角的乳汁
牙牙学语的欢笑，矜持地
收藏在幸福的相册里，变成渐渐泛黄的记忆

一个又一个重生的故事
在浪漫的二十岁一遍又一遍，演绎
那是人世间最美的回忆
重生的爱，像鲜花一样开满大地

嫣红燃遍的朝霞，牵来
七彩的花瓣，洒向春的遐思

本诗入选《2021中国年度优秀诗歌选》

离　殇

云裳渐渐远去，就像

宇宙爆炸向四周膨胀

超过光速的离恨

挥一挥手

虚空中没有留下

一点点温度

倩影渐渐模糊

容颜却愈来愈清晰

那天琴弦吟轻轻，牵来引力波

缠绕在云天，朦胧珠露

飘飞在雨雾里，幽游

没有说，飘向哪一个去处

哈勃望远镜寻找不到，星云掩隐的踪迹

那宇宙流苏是不是你飘逸的坠饰

繁星漫天的夜无法找到

哪一颗星是那缀满幸福的归宿

那深邃的宇宙之眼

是你掩饰的心扉

满空绽放的流星是你洒下的泪滴

袅袅炊烟牵不住，虚镜里

这人间四季变换的风花雪月，无渡

红 烧 肉

贪婪地对着，一盘

红烧肉，甘肥的腻味

把一桌的果蔬美味掩隐

入口即化的回味

一块又一块油亮晶莹的方物

一丝一丝嫩滑馋嘴的馐肴

犹如梦里溢出缠绕在虚空的天香

无法言说的滋味

在心灵的深处

烙出一串串

基因密码，流传

哦，吃货最爱

那一盘

红烧肉

丑陋无度

羞涩的爱情累了

偷偷躲进寻欢作乐中

渐渐弄乱了，节奏

秦淮河的胭脂粉

污染了一个季节的风花雪月

凄凉的雪景

多了一缕忧伤

孤独的傲霜，几片飞萼

在暗香的疏影中无奈落入红尘

没有胭脂的泪洗不尽

落满风尘的羞恼，藏匿着晦暗

破旧的云裳掩隐在戴着时尚假面的光鲜

又有些丑陋的多情

抽泣的夜在背叛的混乱中

想举起一把剑

挥向天空，拂去

月儿，蒙羞的面纱

飞　刃

黑暗中飞出血刃

凝固的血珠不知道是

哪个世纪遗落的悲歌

留下一缕缕怨仇

似虚似幻的搏斗若隐若现

嘶哑的喊杀声断断续续

破碎的片段无法连接

错位的故事找不到

安抚灵魂的祭祀

贪婪和恐惧蔓延

出错的擂鼓金鸣催动无数

矛与盾无法平衡，互怼

狂风裹挟着肃杀，没有准则

无助，滴血飞刃

不时转动吞噬生命旋涡

雨　后

云天破了一个洞
倾盆的水珠一霎间
洒下雨花无数

借着醉意，携带狂风
卷起漫空雨幕
一路狂奔肆意妄为

挤垮堤防，冲进地下
卷走一个个身影
山洪内涝淹没了一片片
村墅小区街道店铺

一声声惊恐的呼喊
一个个奔向险情的背影
一念无助的刹那，遗落
一缕缕抹不去的心愁

一场九天狂泻，开了

一个太大的玩笑

一次次救援，还有几万万祈祷

一场

有太多痛楚的记忆雨瀑

光　影

光轻轻滑过
没有留下一丝留恋

丢失的虚影，恍惚徘徊
寻觅，远去的牵念
凄然遗落，叹息

那云裳带走七彩，还要回来吗
指头烟花飘散，没有回音

深邃的眸有一缕愁
星空沉浸荷塘，呢喃梦呓

捕　蝉

疑是，虚幻叠出的幽影
长长杆子上，一片网丝
粘住了，凄凉的蝉鸣

恍惚的记忆翻开
辣辣的太阳
照得脊背黝黑

没有吃干净的西瓜皮
成了蝉的餐食
几声争吵，又
几多欢欣，那
远去的日记
没有记下，粘下的蝉
有几个在黄泥巴里
烤出香香的美味

魔 音

一股牛劲不停扭动
粗壮的呼吸变出音符
不知所云的声音
打乱了唱诗班的旋律

难叙的旧事记忆断断续续
音节有几个音符
遗落在云天的角落
没有人听懂那破碎的梦呓

溜光的牛毛有露珠残余
时不时滴下，溅起
胡言乱语，换了一个又一个声调
无法融入交响协奏
A 大调，D 大调 b 小调
饱含深情的演奏
伴随云烟飘浮，虚空
夜莺天籁，萦绕

肥　瘦

一把草混合着意念
悄悄把多余的脂肪融化
几瓶激素不小心破坏了平衡
不知哪儿又出了故障

稀里哗啦的声音有太多无语
饥饿的痛楚间，又有很多
欢喜的馐肴偷偷溜进了肠道

瘦了的感觉，兴奋
热量没有燃烧太久，无助
远处虚幻的幽影
扭捏着似乎，近了
挣扎着又，飘向远方

路　上

一个背影在通向天堂的路上
回眸的笑颜联结成，一路哈达

心向往的远方，是勇敢者铺下
层叠的脚印，花开花落重生
已然，有一簇默默生起的火焰
一路，照亮混沌的荒原

四季变换，彼岸花静默
千里雪域有一个念恋
在等待，潇洒宽厚
不知疲倦的雄鹰
在天空，自由翱翔

不要，不要停下
去向冰封的天国，塑造
一个伟岸的形象

祖　上

都说是非洲的游子
却没有找到
夜的黑昼的白

《山海经》记载的段子
有几个没有虚幻的影
洪荒的天地有没有
远祖的血脉变异

传承在族谱里蔓延
几千年旧事有许多破碎残缺
无法解读的记忆断断续续
些许迷惘，只有
香火还在年复一年
伴着流逝的年岁，祈求祖上
护佑子嗣平安，繁衍

军　魂

南海风暴卷起怒涛

木船幻变，铁舰

刺痛，醒狮百多年的殇

狂傲的日不落，何以张扬

"东风快递"竖起发射架

记忆有几处暗伤

香江泪汇入黄河长江

长枪大刀入库，生锈

航母甲板，有铁骨脊梁

海岸炮延伸潜艇深藏

旧日破账一去不返

来吧，管够

火箭导弹

八一军魂已铸入

长津湖上甘岭，一份份

不屈的坚强

宇　宙　墙

空空的什么都没有

没有生命

可以跨越，诡异的物质

没有一点点残余

反物质也许才是主角

几十亿光年

有太多的虚妄

无法知晓的墙外

有没有高阶文明的智慧生命

在等待着，打开

地球，这文明的防御

围城内有太多疑点

星外文明能不能拯救

人类，摆脱被侵入的恐惧

战争还是被救援

墙内墙外的迷惘

幽魂，缠绕在人工智慧

深度计算的假想中

不可预测，绝望

掩隐在抑郁的虚空，焦愁

今夕何夕

天上的星星簇拥着牛郎
匆匆向鹊桥飞奔
银河那边织女织好了，新嫁衣
灯花剪了又开，云裳
缀满了相思

楼阁上没有一点声音
寂静的夜只有知了
在叽叽喳喳叫个不停
桌上没有女红的线
月老牵不出，一丝恋情

墙缝里蟋蟀忘了，闭上小嘴
飞檐掉下呓语，溅起一地
抑郁，窗外飘来红叶
没有留下，字迹

弯月想钩上中天

落下，没有涟漪的水井

迷茫的眸遗失了

一个个，愚痴

如　斯

骨笛吹响甲骨文韬

无为老子，托梦庄周

春秋遗落左传，孔子论说

孙子武略，战国马车碾压

混乱决战几度，始皇

一统，几家悲欢

阿房宫，千年也不会完工

帕米尔高原无法阻断西北寒流

妇好金戟斩落多少头颅

大漠孤烟又催收多少血腥

城墙万里未能挡住

铁蹄几次，卷起万里尘蒙

金屋阿娇在长门凄苦

山涧茅屋隐藏多少叹息

七弦拨响梵音，超度

轮回成了戏曲笑谈

有几朝更迭不是泪血凝固

刀耕火种换了，铁犁耕种
农耕书读，屋檐燕雀
寻常人家路前，没有龙门
千里赶考有多少出世入世传说

琼花三月，烟雨扬州
运河岸边掩埋了多少骸骨
醉翁亭飘出缕缕墨香
难得糊涂的混乱
藏起，一堆堆污垢

红楼低吟有太多虚幻
赤壁浪涛没有惊醒
睡得太沉的醉狮
忘了，还有坚船利炮
硝烟，侵蚀了荣华

卢沟晓月一夜失去风雅
黄河水终于缺了花园口

无法失去的记忆

揉进孱弱的片段，血性

不是抽泣的泪，横刀

夺回傲娇，醒来的梦

送进发射架，一团火星

不灭，燃起熊熊火焰

香火重生，炊烟袅袅

小 房 子

妈妈的肚子就像
一座，小小的房子
漆黑漆黑的四周，装满水
就像，一座会变魔术的水晶宫

房子里的小生命悄然长大
随之变大的房子再也装不下
新生命突破而出

迷糊记忆里遗留下一个
朦胧的世界，悄悄
烙下，怀念母亲

秋　雨

闪电伴着雷声

亲吻着大地

一阵暴雨，顷刻惊呆鸣蝉

炎热的夏刚刚飘过

秋的喘息已悄悄降临

昨天还在盛开的紫薇

落下花瓣，糅合着雨滴

在墙根轻轻抽泣

变心的蝶儿不闻不问

雨后的风有些抑郁

匆匆记忆的缠绵

不知遗落何处

只见枯枝似乎在回味

那十里荷风的矜持

三　年

三年前再大的事
三年以后成了小事

三年前再困难的事
三年以后都云淡风轻

借三年以后的心态
演绎纷繁的生活
人生无处，不精彩

三年，神奇的三年
以前和以后都有一道
不一样的风采

水 与 河

蹚过水并不能
拥有，一条河
那水还只是
一条，涓涓细流

飘飞的雨珠有太多愁怨
装不下一条河的故事
满天的星空没有记下
陪伴的长夜留下几滴泪珠

说好的天长地久，有时
会走到没有路的尽头
霓裳被狂风吹破了几朵云彩
遗落枝梢的余恨
悄悄掩隐在绿绿的氤氲
划过秋的期待，没有约定

水是水溪是溪河是河

虫 牙

不知道是不是
虫洞留下的噬星兽
把一个个牙齿变成了
蚜虫臭臭的窝

松动的牙根酸痛难忍
嚼不动的肉食无法消化
纤维素陷入牙缝
牙签成了必备的助手

夜的黑在牙洞里长住
看不见的蚜虫漫不经心地进进出出
牙床忘了加固，肿胀的牙龈
渗出一丝脓血

快速转动的电钻吱吱响起
破坏的牙神经不停抽搐
浸透药水的棉花
塞满了那蚜虫占据的黑洞

珊 瑚 泪

破碎的珊瑚早已钙化

堆积的大堡礁沉寂了多少年

一日间成就了世间繁华

兴奋的身影来来往往

换了一茬又一茬

可总找不到你在哪儿

恍惚那幽游的红绿

衬托起色彩绚丽

柔嫩的触觉抚摸着心伤

似乎是泪珠的雨帘，飘飘洒洒

打湿的风裳有你遗留的芳香

也许，那海底斑斓的鱼

知道你去了什么地方

猜　想

计算机屏幕在不断演化
走向世界未来还有多少年岁
平行世界有没有可以转换的空间
第几级文明才有安全的避风港

奇点爆炸之前的世界
是怎样的一个模样
是前一个宇宙的崩塌还是
暗物质的能量发出显像
一个无法回溯的状态
凝固在，宇宙深处
还是宇宙边缘

超新星爆炸在宇宙外，还是
又一次，次级爆炸
此起彼落的涨落也许才是
宇宙洪荒原来的模样

简 介

罗列了一大堆名词
还有一些形容词
光鲜耀眼的一长串
里里外外装饰成了一溜
矜持的时空印记

只是，没有谁
真的在意，这是
一块在湖面溅起水花的石头
是一块没有雕琢的璞玉
一个涟漪，消失在黄昏之后
或许，在黎明时刻
借来太阳一丝丝光
渐渐有了底色

没有谁会记得
那发光物曾经的模样

抑郁的天空

抑郁的天空没有风
只有几只麻雀
吱吱喳喳在树梢嬉闹

不知道是在呼唤伙伴
还是在警示远处
瞄准的弹弓，一种
危险的感觉触动
一个心悸的脉动信号

山外的云裳破了一个洞
修补的颜色有点旧
荷塘憔悴的枯枝凌乱地扶着秋
愁思凝聚的泪珠轻轻滑落
捡起的涟漪藏在风里
想问何处可以回收

飞来飞去的蜻蜓玩性太大
早忘了，回去的路

真 假

不知道是真心还是
假面，不知
哪一个信号代表纯情

有太多的表达
在朦胧的夜变了声
夜莺听不懂低语轻吟
只有寒蝉在愁鸣

抑郁的云时不时滴下泪
惊呆的柳丝忘了问
远去的落絮还回不回

迷　路

炼狱中没有留下，躯壳

在秋风中轻轻滑落

残破的霓裳有几个破洞

被泪雨浸湿的云

修补了一块，又一块

止不住破洞的风月，寻觅

补天的石头，不知道飘浮在何处

堆砌的字码有太多的梦遗

尖叫的声音悄悄压低了音频

一些不和谐的音符

跳动着出了轨，暧昧

像病毒一样流行，形而下

石榴裙移动的迷香

熏湿了，鞋印下层叠的幽影

不受待见的页码有太多的乱语

孤独的魂在荒野飘游

没有归处的无望
与野花安然为伴
还有夜空那一溜溜
眨着眼睛的星星
怜悯地抚摸着，这
黑夜中愚痴的相思

泳 道

一条钢丝穿起
一个个彩色斑斓的圆球
漂浮在水面，划出
一道道，娇艳浮动的羞涩

翻滚的水花，亲吻着
玉脂般水嫩的肌肤
蹿出水面的呼吸
冒着泡在计数
有几个细胞，喘气

落在水中的记忆
捡起几段欢畅
时隐时现的残影
朦胧中沉入，池底

出水芙蓉不断
可惜都不及
那远去的羞涩

水做的谜

水里相遇，却不知
浮在水面的只是虚情假意
溅起的水花有几个涟漪
晃荡的池底找不到痕迹

掩隐的幽影不时在远处晃动
落入水中的思念
伴着水温痴痴徘徊
无助地流出，排水口
没有等来水嫩的玉肌
只现出一个娇羞的柔姿

灰暗的灯照着
有些冷清的空气
水珠泛起的声音扶住
抑郁的眼神
虚化，梦里的呓语
没有约期

减肥惊梦

多余的脂肪沉积在皮下
内脏四周稀稀拉拉
雪白的内膜包裹着细胞
肥腻的幸福给大脑一道指令
嗜睡的惬意替换，运动的苦恼

血压升高血脂升高血糖升高
动脉粥样硬化，心脑血管堵塞
冠心病悄悄侵入机体
梦里惊魂，减肥成功
或者，超前衰老

一包神药，一粒粒胶囊
尿毒症守在后面
没有商量，运动
没有太大效果
节食，没有了人生乐趣
一日三餐只有医嘱。几颗维生素

打发着，饥饿的细胞

也许，还有一个秘方
可又谁知道，也许那只是
一个忧伤的祷告
兴许，还有一株仙草

水 花

水花没有绽放

只有细微的涟漪

轻轻牵来珠露

平静的水面，涟漪

落下一串惊叹

那瘦弱的魅影投下

一个娇艳的笑靥

没有瑕疵

美得没有，边际

那是，水中女皇的柔姿

梦幻中，漾起的流芳

太 阳 伞

一把把圆圆的花伞

乘着秋风摇曳，出了门

未闻谁又见，江南雨

舒爽的秋凉刚爬上

树梢，寒蝉不停叫鸣

云朵快活地伴着光晕，飘飞

花花绿绿的幽影掩隐着

娇羞的菡萏收不住

落在荷塘的月色

沉浸在笑靥中漾荡，清梦

钟 点 工

楼上楼下，费了几个
钟点，拖把抹布搓了又搓
拖抹时漏了，一些灰尘
落下，几分幽思
脏了的脚印怎样也无法
被全部抹净

遗落的灰影过几天
又厚厚地层叠
一段段过去的旧事
时不时浮起，飘飞的残念

秋　后

东京的球网标杆太高
腾跃的身影有些许迷茫
四十几年的哨声终结
一个时代渐行，渐远

是期望有些多，还是
那神坛有些变化
祭祀的烟花没有了汗水
还是，有太多的想法

也许，也许是那神韵
那神韵，有太多的耀斑
去去锈才能重新发光
也许，也许是那秋风秋寒
枫红染遍，需要等待
等待，下一个春天
培育出新的幼苗

只是，不要

不要在秋后，在秋后

在云裳飘飞的黄昏，迷惘

爱情游戏

丢失的爱情滑入
演义，假面成了真情
一切都是那么欢畅
一切又如快马灯
烈焰飘浮着无数火星

火树银花开遍
只是回眸，阑珊
没有找到那，千寻百觅
千年等一回的对影

不知是约期错过
还是终没有付出真心
隐约感应咫尺
却又似天涯云外
只有那愚痴的等待
还在夜空遗留一缕心愁
傻傻守望那缥缈的
暗香幽姿

野　猫

没有家的猫游荡
不知哪家主人不在
围墙的栅栏成了门
看准机会随处，留宿
树下草皮，借一夜温暖

东看西防，不要惊动房东
不要让扫把不小心打在身上
天亮了还要四处觅食
垃圾堆里流浪
饥一顿，饱一顿
哪有家猫惬意
从来也不，洗澡

名，没有上册
也就，成不了宠爱的宝宝
孤独无助无趣无聊的
荒野，一只沾满狂野
不是宠物的野猫

疑　惑

有，太多牢骚

太多自我，飘上九天

跌落金字塔塔尖，有些迷惑

那是一伙虔诚的咏唱者

还是一伙义愤填膺的反抗者

抱怨这世界，为什么

这世界不是想象中，完美

为什么，有这么多的龌龊

有这么多的虚拟，有

这么多的虚情假意，有

这么多的无助无聊无语

唉，不知道这世界怎么了

孤独冷漠无情无欲

被放逐的精神，不知

在何处，流浪

虚构还是人生

不知道什么是虚构
或者活着也是一场虚构
有太多想象与活路不一样
千疮百孔的人生，似乎
与虚构，没有太多出入

昨天的记忆规范不了今天的出行
今天的回归不知道明天的行程
明天，明天又有几个变异符号在等待
等待后天的梦幻中，有没有爱情

相思意绪酝酿了很久
可又有谁把这长了霉菌的相思
放在心里，来不及道别离
秋风就卷起霜露
一季又一季，花开
不知道寄向谁，又寄向
何处，悄然沉浸在幻游虚境
错位重组，柔乡幽影

鸭子念想

一只鸭子想留下遗言

可想了一辈子还是没有想出办法

怎样把遗言写下来

去日苦多，终于末日来临

上了餐桌的鸭子不甘心地寻找

这餐桌上有没有作家

或者诗人，吃鸭子的时候

会不会感觉到鸭子的想法

会不会突然灵感来了

把鸭子的想法流露在笔尖

更想，这餐桌上有没有编辑

把这飘浮的想法出版成集

苦闷的鸭子轮回了一轮又一轮

岁月还是没有留下痕迹

只有鸭绒，被假冒成天鹅绒

悄悄塞进羽绒被，压在

虚妄的梦里，不知道

还会憋屈多少回合

意　外

一个意外，闯入
有太多的不确定因素
扰乱稳定的疆域
域外，那不像源自本体的心动

生涩话语，陌生面孔
乱七八糟的字码，堆砌
有太多的无语
谁能读懂，那无边宇宙
在狂暴中流露的信号
飘逸的流苏从来
没有这么大的尺度

撞破的边界不知道如何重组
星空外有没有桃花源
UFO 悄悄穿过天门
那幽影没有人认出
原来那不过是，混沌初开

一匹匆匆而过的野马

孤独地四处寻找

献祭的祭坛

安放，一缕虔诚的情愫

只　想

平静的湖面，落下
一份小小的心念
涟漪，悄悄泛起的情感
有若云烟，一霎静止在虚妄

天空中没有泪雨涟涟
水花却溅起一声叹息
也许，那不是一个梦的季节
那不过是，一个虚影偶遇的云天

拿起又放下的情思
有太多眷恋，只是那手心
手心的温度，似乎
还在留恋
远去的烟云顿时明白
水面的平静掩隐着，些许混沌
不知道如何分辨，愚痴
有没有醒来一点点

在星际徘徊的思绪

没有回归的意念，边界

跨界乱语，又有谁

能独自解读，真的胡言

蜕　变

蜕变，痛心舍弃之前
那薄薄的外装
新的轮回在蜕变中
塑造出新的自我

蜕变的情感无意，颤抖
沉浸在寒蝉的凄诉中，愁思
那是断肠人，在天涯
如一片落花在流水中，漂浮

时空忘了破碎的过去
几块记忆碎片时不时隐隐飘出
蜕变的痛楚还在抽搐
爬上树梢等待，果子熟了
记下又一个季节的更迭
叶落又花开的四季
变幻的梦魇在虚空凝固

五 斗 米

不是多了或者少了
奢侈的欲望总是
在虚妄的空想中多了些念想
可又有多少人能放下
放下了的身段，却已然枯萎

天空中虽然也有泪雨
但对太阳升起的频率
在梦幻里，曾有些许期盼
黎明前的黑暗过去
明媚的阳光有一丝丝温暖

五斗米不足以折腰
只有江河湖海的情感，独自
泛起无尽的涟漪，荡漾着
宇宙畅想，虚空中掩隐的玄

餐 厅

一刹那静止

抬起手夹了一个樱桃

微微张开的唇露出

一条甜甜的舌头

粉嫩的思绪混乱，不知道

那樱桃的蜜汁有没有

相思密码，还掖着新欢

多拿了的食物

撑起的肚皮有些疼痛

是昨夜的情感还没有消化

还是今晨的风有寒意

食盘上遗留残破的一缕心愁

酸涩的牛奶

掺和了些许哀伤

冰凉的哈密瓜

夹着卷心菜

苦涩渗透了香甜

松花蛋没有

咸鸭蛋的油腻

奶酪有些黄黄的迷惘

绿豆汤中只见几粒孤独的破皮

一场欢惬有点点泪珠

轻轻滑落装满枸果汁的水晶杯

静静地沉迷来来往往的幽雅

地　铁

从一个站转换另一个站

拥挤的人群不见，恐慌

个个手机刷个不停

悄无声息的车厢，偶尔

有嘀嘀嗒嗒声音，溢出

手游的厮杀不需要回车的空想

流动的殇装进手提袋

掩不住的愁肠，悄悄抽搐

遗落的呼吸重重叠叠

不知道流到何处才会晃出站台

车轮的刹车片换了又换

站台等待的幽影偶遇，一个个梦幻

中　秋

叮叮当当的微信
一大早响起，问候
中秋节，快乐的中秋节
有没有拥挤的人流，有没有想起自己
在街头火车站地铁购物商场

匆匆而过的人影，不见
稀疏的车道也没有热闹的碰撞
乱糟糟的街区似乎成了过去
没有谁说着说着就烦躁
江边海滩少了耐心的晚风
悄悄抑郁地想偷偷吹拂
绿色的裙摆，飘浮一片云裳

月饼与葡萄酒摆在月下
香烟袅袅想邀约，那寒宫
一缕寂寥幽影，偶遇的情感
不知来自千年的幽雅
轻轻滑过秦楼的吟唱

铁 板 烧

一个锅台围合
三国四方，餐桌
两把锅铲翻飞，平行
各家的菜肴有太多不同

朦胧印象，有味蕾嘴馋
五花肉牛排，炒了一盘鱿鱼
红酒燃起火焰，灼烧
天鹅肝融化进嫩嫩的血红，梦呓

暴躁的油脂分泌，遗漏
一个个鲜活的幽影
酣畅流席，欢惬
消化不良的情感
在九转回肠的徘徊中迷惘

水中的眼泪

挂在眼帘的水珠
犹如瀑布飞泻
出水芙蓉漂浮
玉脂肌肤粉嫩
娇羞的眸在水珠后面
等待

空洞的虚妄没有归处
寂寥的呼吸卷起一阵恐惧
心灵不知道安放在何处
没有路牌的花径有太多歧路
变幻的万花镜若隐若现
夜与昼没有了分界线

黎明时的太阳忽然，就
变脸出晚霞
抽泣的夜有太多的期盼
一不小心就轮回了几个钟点

苦苦等待，时不时错过了
错过了的梦呓又
重新梦里相见

只是那水汪汪的回眸
总是朦朦胧胧有些许水珠
不知是泪还是雨滴，点点

灵魂拷贝

键盘不断码进，密码

在芯片连接口停顿

一把密钥，如何开启上传路径

深度算法只是

没有意识的转换媒介

四维空间游离的思想载体

量子解开的暗箱

有几个答案在恍惚中迷离

不知道打开的门传送到何处

邀约的情感无助

微信里有叮叮当当的回复

犹如断了线的风筝

飘浮，虚空一阵阵寒意

说好的青梅竹马没有了消息

碰上的灵魂伴侣错过约期

相思意绪上错了班车

痛彻心扉的暗昧，就像

毒瘤一样侵蚀着

心底那一切，不说

那一切，也无法说清

出 世

粗细不一，线条
扭曲着缠绕，松树
沧桑，树皮干枯残破
勾画的针叶有些
凌乱，落满梢头
掩隐，墨香悄然飘逸流泻

一杆微微颤抖的笔
污染，那张无辜生宣
成了一幅刚刚出世的羞涩
无法在时空流传

笔锋写意醉松
墨色晕染，一派大师幽默
霎时，几个意念
在谈笑间收起
一抹抑郁的心愁

丢失的手机

手机莫名其妙消失

不知道何处何时隐身

振铃声延续，几个小时

没有接通，静默

也许，电话的那一边

不小心按了静音

一千多个日夜

有太多的日子沉淀

还有一些唠叨，闲言碎语

或许，那些印入文本的注脚

要去远方幽游，不想

静静地遗留在手机里

告诉未来之意象

那破旧的故事，又何必

再翻来覆去地猜想

残留的孤独，在炼狱中

已然悄悄抹去，记忆

秋 靥

不经意，绽放
心花，怒放的心花
媚态万方，羞涩
十里春风收尽
一缕缕娇艳，随风飞扬

那是昨夜的欢颜
还是晨风拂来的情愫
梦靥何时有了翅膀
飞呀飞呀，飞入枫红
一个错过的季节
已没有，几次
回眸，百媚一笑

枫林谷的鸟语
伴随着云烟一去好远
树下枯叶层层叠叠，残留
一丝丝眷恋，字迹

无痕的泪渍隐隐

幻化，几只蝴蝶也许

知道哪一层有，蜜语

甜言，还有下一段

笑靥荡漾的流光

射　月

绕着地球转动的月亮
有些憋屈，晚上升起的时候
还时不时被，地球遮蔽
好歹月圆时候，又被
嵌入圆饼，邀月香烟袅袅
千里婵娟又共有几个，相思
融化在月影，朦朦胧胧的幻梦里

拿起箭，弯弓
射向羞涩的月亮
说，太阳
其实也不想升起

水　墨

墨悄悄潜入水中

随着水扩张，渗进宣纸纹理

流淌，灰影若隐若现

不时显像，惊魂

山水外水墨云天

在不经意间，装进

文人书房，流溢时空

掩隐呢喃细语

情怀，一泻千里

琴　歌

琴弦未拨声已乱
秋风昨夜又悄悄漏进
窗外竹林，有寒蝉轻吟
落满灰尘的琴弦有些颤音
错拂的音符落下梢枝

枫叶红了，枫林有太多萧瑟
流溪浅水载不动
江上的浪花已染上，秋色
空留暮归的老牛
在荒野，颤巍巍走进
夕阳余晖

调　色

水墨加上颜料
层层变幻隐现纸上
皱起的宣纸多了纹理
渗入的水分晕染
一团理不清的说辞

笔力底透幻镜人生
有多少期盼写入
歪脖子的树干蹭破皮
山崖花叶茅庐孤影也只是符号
多少浮华，演绎出一段段
没有结尾的结局

线条笔法意蕴
融入烟花三月，江南风雨
一派山水烟云，氤氲
几只云雀，梦呓

流　光

无影无形的时间流逝
无痕的日子却又
无时无刻不在迭起
又有谁能躲过
岁月的消磨
鬓发不经意间飞过
一丝丝银白
飘浮的流光

四维空间能不能
回溯那已破碎的过去

一份心殇，余下
几分憔悴在云天外
想牵住
秒针的呻吟

洪 荒

没有细碎的规则

只有粗犷的洪荒之力

万物还没有生命

只有原子分子在混沌中碰撞

能量肆意释放激情

海洋缓慢积蓄

搏动，二氧化碳从天空吸入

溢出生命的氧分

一个兴奋的季节

有太多的氧气

膨胀的洪荒季节

巨人与恐龙又如何争斗

几千万年还是几亿年

史前文明遗落，一处

无法考证的遗迹

莫名其妙出现的宇宙生命

游　戏

总是在失落的迷宫
寻找前面的痕迹
歧路太多，路牌错引
难碰到一个
偶遇的机会，无法
对视，一笑百媚

太多遗憾伤害自己
不知道为什么只在梦里惬意
也许错过多了，就会迷惘
也许疲惫的愁怨才是
迷恋的归宿

人生也许是，迷宫
是没有出口的游戏

痛　点

细胞皱褶传递

一个个无法言说的

痛点，没有指向

只有一个信息

一张抑郁的脸谱

在梦里徘徊

触按的肌肤渗出体香

晶莹的香珠颤动

掩隐的情感无由抽搐

也许，那是遗落在心底的爱恋

手游里的角色何以留住

梦中梦是美国大片的幻境

昨夜的寒风悄悄吹起

露珠静静地露出，笑靥

葬　花

不知不觉，葬花已经年

年年葬花过了

葬花的旧年

青冢里的花魂

重生了几十春寒

秋风吹来低泣声

葬花情愫，天命云烟

悲泣满天何处再寻葬花人

风雨雪霜，林妹妹已回幻境潇湘

片片诗情犹如火中焚化的蝴蝶

只余下江南软语，声萧萧无言

传　承

生命的轨迹有些无奈

博物馆里有太多的秘密

无法破解的密码

隐含在一片片陶片破骨里

遗落着十几个符号

无法知道记录了些什么

重复的符号有几许猜想

结绳记事有太多模糊

甲骨文爻占，祭祀

金字铭文又记下，多少辉煌

竹木简催生文房四宝

书画演变相承一脉

太过玄妙的老庄敌不过

儒家，道德仁义

安家济民治国

几千年延绵，国学

敌不过洋枪洋炮

一场场硝烟又

时不时，想重新过招

不急，喊来妇好

借长枪一用，长津湖

再与窥取者计较

看刀光剑影会不会一样

有传承的血脉搏动

在风萧萧的寒冰上

筑起一道防线

不管它是，枪弹

还是，病毒

或许是那，说教

爆 轰

发动机装上导弹
16 马赫巡航
全球还有几个地方
不能一小时到达

在空天打几个水漂
从大气层跃出，又
滑向大气层，几个来回
幽游在空天之上

不是为了显摆
也不是为了窥视
只想静静地待在发射架上
护卫着那一片疆土
不要被饿狼盯上

爆轰发动机装上导弹
变成一把无畏的猎枪

秋 荷

跌落水中的残叶

在思念昨夜花瓣的柔媚

莲蓬的弯曲有些沉重

水底的莲藕想凝聚玉脂

错位的盘结有一丝丝愁忧

苦涩的莲心不知道

飘飞的露珠去向，哪里

是不是带给云裳一缕

眷恋的倩影，恍惚

抑郁的意蕴在晨寒的梦呓

疲倦地又坠入

另一个风萧幻梦

暗　昧

没有明白表达
只是默默藏在心里
没有激情外泄
只悄悄多看几眼
在回眸寻觅，笑靥百媚
将喜乐哀怨轻轻
放在，角落

镜花变幻，臆想
梦里梦外遗落
一场场风景，雨滴
在长长的黑夜，抽泣

没有未来
孤独眷恋诱惑
云天山外，飘浮
愁悷，一缕

宇宙子宫

宇宙流苏末端

缀着一个小小的本星系

渺小的银河里掩隐着一个

伪装的太阳系

柯伊伯带延绵光年

缠绕的陨石碎片

大大小小密密麻麻

遮挡着系外天眼的窥视

清空的腰腹不停脉动

一颗岩石行星不停演变

岩石海水土囊大气

海藻植物氧气

蛋白质海绵水母

水栖陆栖两栖

三叶虫恐龙猿人

沧海桑田间改变着

地球大自然环境

不断演化选择，选择
自我意识觉醒的生物
智人诞生，进化
成熟，一个宇宙自觉智慧诞生

历经无数次阵痛的小小星球
有太多的梦，想搞清楚
自己是不是这个宇宙的宠儿
是不是这个宇宙的中心
是不是这个宇宙的大脑
这宇宙还有没有其他子宫
孕育了其他星外智慧生命
要与地球人类争夺，宇宙霸主

脉动的子宫终于累了
把愚痴人类的疑问
悄悄藏在宇宙的角落
随着宇宙在浩瀚中幽游

合　唱

张开喉咙，放松
气流从声带旁轻轻滑过
振动的头骨胸腔共鸣
各声部音符一个连着一个
伴和着身边一瓣瓣
张开或闭合的唇
交混成一曲曲旋律

关山月没有升起
心愁转了几个轮回
荒野外有一支羌笛
在悄悄倾诉，遗下
渐行渐远的笛声
在合唱的和声里飘荡
一个幽魂还没找到
合适的安放角落

深沉的低音震撼

中音露出怜悯的凄诉

云天外没有飞雁

夕阳余下，几个高音

童声部在晨曦中

隐约传来，花骨朵的笑声

秋　吻

秋天的吻太过凄厉
漫天飞舞一夜，就变脸
黄黄的残叶有几片
挂在枝头不肯飘下
装扮的颜色有些惹眼

满谷的枫红一起抬头，伸向
云天，撒下红裳几片
三变的木芙蓉有些许疑惑
东篱菊花不停更换笑脸

羞涩的娇艳洒落
满地梦呓，听不清
山外那一声声，留言

牡丹花下

水嫩的花瓣悄悄幻化于水雾中

娇艳滴出的露珠轻轻

打湿纤细的柔姿

腮颊沾满温润

眷恋的妩媚，朦胧

牡丹花下的忧郁迷惘

有几株优雅的魅影

恍惚在静静等待

等待风流千古的荣华

在梢头无忧无虑地绽放

惊诧的豆蔻，梦呓

一朵朵花骨朵摇曳，风裳

掩隐的天香缕缕

在云天，飘洒

石 榴 裙

大白醉了粉颊红云

风轻轻吹皱一池心惊

满树的红颜娇贵

一片片老了风流

遗落在华清池

如隐若现，魅影

飞舞的记忆有几多心伤

摇曳的枝梢落下

点点焰火飘浮

灼伤的情感留在岁月

那一去不回的花语

悄悄寻觅萦绕的霓裳曲

谁怕错过的季节约会，花期

也许还会在萧瑟的秋风中

回眸，那一季的眷恋

在角落里唏嘘叹息

浓　淡

咀嚼的味道在空气中弥漫
咸了又淡了
品味出
人生酸甜苦辣不一的玄妙

干湿浓淡泼墨勾勒
一张宣纸道尽
万千世道，收藏
几根竹子几株兰草
山水间笔墨淋漓
散落几分逍遥

松烟积墨散发着浓浓的焦香
淡淡的胭脂抹了一层
又叠了一层玫瑰的妖娆
遗留千年的魅影
飘游在笔墨间
渗入宣纸纹理，掩隐

一个又一个破碎的故事

在咀嚼声中轻轻发出

一道又一道

浓淡相宜的味道

变 天

北方的冬季来得太早
冰冷的寒潮袭击，冻裂了
来不及检修的煤气管道
爆炸，似一个又一个炮仗

冒烟的煤不能再烧
大气层的呼吸有些气喘
二氧化碳屏蔽了阳光
温室效应袭扰着地球人
也许，金星是史前外星人的家园

太多的奢望带来负担
限电拉闸惹出一片，喧嚣
能源的出路不知道在何方

也许那是一个陷阱
有太多的迷雾无法看清
一个新的秘方

采　摘

寒风微拂树梢

挂满金橘的果园，掩隐

水气升腾的雾霭

若隐若现藏起

轻盈的身影，缥缈

纤柔的玉指轻轻摘下

一个个泛着金黄的蜜果

在露珠飘散的树叶上

悄悄留下一个个约期

下一个收获的季节

谁还来捡起他年遗落的幽香

远处的云层收起帷幕

山之巅渐渐露出迷痴的矜持

破　音

嘶哑的喉咙拼命发出惊悚的声音
寂静的天空没有回音
天啊，什么时候宇宙才会
把燃烧的火焰收进炉子
把这照亮黑暗角落的光悄悄藏起

宇宙的起始真的就是
一瞬爆炸，快到无法想象的膨胀
从一个起点扩散却又无边无际
谁能信，这无法描述的悖论

一个个疑问的声响涨落
只是怎么都无法证实，那是
一个流逝了百亿光年的迷局

时空的站台有没有穿越的闹剧
不知道在何处能找到轮回的痕迹

竹　心

空空的没有心
一个个节膜封闭着
一段段思恋
只是不知道相思
封存在哪一个竹节
在黑夜还是晨曦
留下一个个，梦吃

晶莹的露珠挂在叶尖
想把流光悄悄寄给远方
那飘游的幽影，是否依旧
记得，风带走的眷恋
一滴一点，深情

锈　斑

古铜色的面漆掉了
斑驳的柱脚露出铁锈
来来往往的倩影，模糊
疼痛的吱吱呀呀声
断断续续跌落在风里

破碎的映像不知道
还能不能在记忆中投射
飘飞的花絮有没有醒来
轻轻闭上的眼眸睁开
旧日的娇妍多了些许憔悴
锈蚀的表皮找不到
光洁的平滑处，沟壑
布满一段段殇，遗落
一块块深浅不一的泪痕

隐形的帷幕拉开又闭上

重叠的情节在封闭的锈斑上哀叹

悄悄收藏不断变换的季节

一个个无法完整拼贴的心伤

秀

一小块布料遮掩

遮挡着羞涩的秘处

是守护着千年的约定

还是一个自我约束的矜持

几百万年争夺的权力

裸露着兽性的本能

几千年间突然成了契约

一个私有权的宣示

沦落，暴力强占的炫耀

附着一个种族繁衍的潜规则

控制一切的上帝之手

有没有空闲的时候，在

海风没有吹到的角落

渔夫与美人鱼为了爱情，悄悄出走

裸露的神秘愈来愈多

欢畅在水中央投下涟漪

轮回还是返祖，无法亵渎的思绪

勾勒一幅幅美艳的胭脂魅影

还有一块块人性的遮羞布

小　雪

北方的雪想飘入南方的庭院
一路留下太多的辛酸
只在南方的窗户上
撒了一串串凝露，就像
那冰糖葫芦在锅里刚刚滚动着
沾上的冰糖晶，透亮

南方的风想到北方看一看
那用冰晶叠起的城堡
可那满天的冰花催动着寒流
阻止了风北上的念想，只好
滴答滴答在屋檐下把露珠吹散

一场梦呓遗下了多少呢喃
从南到北冻住了一摞摞情话

信江夕照

圆圆的太阳变得越来越大

远远地斜挂在手触摸不到的天上

映在被太阳染红的江面

厚薄不匀的云被太阳燃烧着

仿佛要把天空烧成一团火焰

把温暖悄悄留给就要开始的黑夜

让北归的大雁暖一暖巢

水泽边的白鹭翻飞着翅膀

扑打着阳光似乎想牵住那光的手

给衰弱的柳丝编织一个梦

一段段欢乐的时光穿过

江边一圈圈时空回廊，晃动的光影

幽游在时空中任意翱翔

那远方，穿越时空的召唤

在星空中飘浮着，惊奇着

一个又一个走向天堂的阶梯

不知不觉中又回到了

燃烧着眷恋的江岸

天上人间的意象
在虚幻中静静融化

写　生

几片土瓦留下

风霜雪雨的沟壑

漏风的土墙掩藏着

几段破碎的旧事

悄悄舞动的笔触勾勒出

不知是哪个年代的记忆

山脚下的清流也无法回忆起

风或者雨究竟转换了几个季节

未及修整的土墙斑驳

裂开的时空封存着残留的抽泣

村落的树梢到处挂满柿子

在眺望山那边漫坡的山茶花

想知道那熟透的思念是否记得

满山谷油菜飘香的日子

一张薄纸无声落墨，记下

破碎记忆遗落下碎片

只有风还在自由自在地吹拂
挥霍着那匆匆而过的四季

逃 离

字码叠起的围城
在夜黑中轻轻战栗
逃离的欲望在恐惧中发酵
没有伪装的裸露的心魂
是否经受得住风雨的摧残

纤柔的符号没有血性沾染
笔尖没有无声的子弹
满城的黄金甲遗落了太多念想
飘浮的碎片不知道飘向何方

岁月在磨难中悄悄流逝
遗落季风吹过的痕迹
流浪的孤岛没有找到
可以满足饥渴的晚餐

太阳倒是一日又一日从东边升起
没有谁记得城墙根下曾经浮起的尘沙

遗漏的记忆

叽咕叽咕的门轴转动声已很久没有响起
岁月不知什么时候按下暂停键
锈蚀的犁耙在静静等待主人出工
可几代主人的身影已不知道流落何方

山坡上、梯田里，旧日落下的油菜花
还在不知疲倦地花开花落
似乎在怀恋那过去的身影，晃动的欢悦
油茶香
邀请风给故人带个花信
不要忘了千年的约定

飘香的油菜花老了
老了的花又结了一大捧油菜籽
悄悄地掺和着那湿漉漉的信风
飘洒着又一季满天飘飞的花絮

岁月更迭

昔日容颜已化成了记忆

岁月的沧桑刻画在皱纹里

老了的日子不住流淌

回忆伴随着不适与留恋

补丁衣裳换了西装

酸甜苦辣缝进了一针一线

衣锦还乡还是步履蹒跚

一壶老酒煮不开心愁

锁紧的眉头无法拖住流逝的雪月风花

积蓄不再是兜里的底气

财务自由如何能修复

已经残破的躯壳

老的伟岸多了些

怎么也无法说清的情愫

天际线隐隐约约晃动着计时器的虚影

遗落多少转动的秒针嘀嘀嗒嗒的声音

一阵阵不停更迭的喧嚣换了
一份份别样重生的容颜
未老的日子装裱进另一段
不知何为愁的欢畅

追　逐

不知道远方你是否还在等待
等待那已无法预测的结局

不知道那追随你的风有没有告诉你
有一个幽影就跟在那风后面
追逐你遗落的梦想
没日没夜，兼程不歇

有没有听到那旋律悄悄依偎在弦上
向你倾诉思念没有绝期
还有那错了的音符怕惊吓了脆弱的小心脏
怕你不经意间误会了
那藏在心中不停流淌的爱恋

这一切的一切，你是否轻轻地放下了
放下了一份的等待

美人鱼

长长的尾巴漂浮着
舞动起一抹绚丽
多姿的妩媚吸引着眼球
柔姿倩影成了水族馆的风景

只是那冰凉的水刺痛了的
柔润肌肤在灯光下愈变愈红
不知道丹麦的美人鱼
会不会感受到那美艳绝伦
是否还有一丝丝难以言喻的不适

好在水族馆狭小的上空
还有可供呼吸的氧气
氧气瓶不必成为美人鱼的装扮

亮　点

电推子吱吱转动
花白的头发长长短短剪落
几个月遗落的思绪混乱
破碎的记忆在发梢不肯飘下

亮点发屋，进进出出记录岁月流年
小老板的青春萌动
盘算着另外租下一个门面
乘势扩张一家连锁店

尽情绽放的心花在夜中弥漫
剪下的头发在地上偷偷笑了
荡漾的笑靥飘飞着
牵动了整个小屋的空气，轻轻动荡
急着想飞一会儿去那分店
亲吻那剪下的一地新欢

祈 祷

地球在太阳轨道上转动
最长黑夜悄悄滑过
树梢几只寒鸦嘶哑地叫着
天空的烟尘带着纸灰
飞向另一个世界

没有哭泣的祈祷
祈求祖上保佑
升学顺利工作顺心
财路亨通手气爆棚
股票直接几个涨停
中奖获奖万事顺意
身体健康也是一个
必不可少的心愿

祈祷
一切顺畅
祈祷
安康永远

遗　梦

那是一支支箭还是一整个军团
是一辆辆战车还是一艘艘战舰
凝固了，凝固在哪个时空
伴随着遗落的梦
定格在一个整装待发的黎明
黑暗掩隐着浮动的心愁

风再也吹不到发际
号角再也听不到响起
准备出发的期待
期待了多少时光
冲上战场就是一个个先锋
溅起的血花飞舞，渐渐
化成了皑皑白雪
覆盖在披挂上，那上阵前
柔弱的手悄悄整理的披挂
冻结了，冻结的那一时刻
准备着的剑就要出鞘

挥向胆敢侵犯尊严的恶魔

来吧跟上脚步

带着剑披挂上阵

静静地在那长长的战队后面等待

等待出鞘的那一刻

拔出锋利的剑

无论是在黄河之滨

在泰山之巅，还是在

南海翻滚的浪涛

就算是那狭窄的台海，跨过去

挥起剑，让血谱写一页新章

那是永恒守护的信念

天　路

崖壁上开凿的歪歪扭扭的山洞

穿越了多少个世纪

山里人的梦因此做了千年

不知道是为了上山还是下山

隔绝的世界总是延迟

延迟的时空又如何成了桃源

山崖的碎石滚落

那是爷爷辈守护的钢钎

发出的吼声震动

惊醒了小的们无忧无虑的梦

跌落的理想变成了岁月

山里人遥望山外

花花世界的迷惑又过几个千年

弯弯曲曲的山道盘桓

那是通向九天之路

山里娃要驾驭九龙飞天

一块块石头终于明白

不挪窝就仅仅是块石头

哪怕原本是一块璞玉

也只有在山沟沟里静静地等待

等待那九天飞来鲲鹏

展翅翱翔九万里看一看

桃源原来也只是崖下

那几眼老井还有几棵老树

在期待，期待换了人间的故事

是不是有个不一样的明天

春天的雪花

错过季节的雪花

终于飘到了

本该细雨绵绵的南方

羞怯的雪花带来了

幽花悄悄留下的暗香

疏影横斜的枝梢有一滴晶莹泪花

化作飞雪飘啊飘啊

寻找着醉梦里面放不下的牵挂

错过的季节总是差强

思念不是凝固在梢头

就是飘到了更远的地方

何时才能梦里再见

梦见的倩影不再错过

飘飘洒洒漫天遍野全是

晶莹剔透的幻影在悄悄倾诉

不要怪那错过的季节

一份又一份花开花落的惆怅

又是一个错过的思念

抑郁的天空飘起了

错过季节的雪花

地铁遗梦

地铁在地底下穿行

不停的轰轰声不时冒出

古战场厮杀的战鼓金鸣

刀枪的交集不断变幻

不知是哪个世纪遗落的碎片

不断串联却无法连续

车轮轻轻碾压着，焊接，无奈拿起又放下

在卷起的风啸中远去

威武的咆哮无念地消散

在叮叮咚咚的微信提示音里变身

鸿蒙期约

一生二二生三三生万物
混沌初开的光
闪亮了黑暗的宇宙
大爆炸催生了万物之源

地球四季诞生了生命
春天的雨带来万千复苏
淋漓尽致的妩媚千般
花开花落飞漫天空
却不见那婆娑倩影
是不是还在山外面等待
等待一场尚未改变的期约

不知这一约定有多重
却满满地倾注了一世一生

镜 花 愁

残酷岁月渐渐地把沧桑

雕琢在眼神皮肤

一个个变成小老头小老太

步履匆匆成就了

风雨飘摇的日子

锅碗瓢勺交响

谱写的夜曲有些酸楚

无法拼接的故事

有太多的苦痛

静静的时光悄悄溜走

就算谁还想回到过去的岁月

仍会是如此无助

太多的诱惑侵蚀着机体

不知道摆渡到哪一个渡头

飘摇的破船随风飘入

虚妄的镜花水月碎了又拼起

想抓住尾巴却没有了体魄

破旧的机体有太多难言之隐

自顾不暇的战栗无法牵住红酥手

那虚妄中的冥思飘落

繁花渐渐飞向虚空

洒下一阵阵桃花泪雨

流动的思

车站里体味充斥浑浊

冲向窒息的思绪

流动的故事碎片拼接

断了弦的四重奏在喇叭口重复

下一站是幸福快乐还是苦涩

不知道在哪一站可以捡漏

羞涩的倩影不知是不是，要寻找的那一个

回头就看不见

期盼的眼神好像总藏着戒备

一不留神就被冲刷得头破血流

可恶的流言断断续续，拼不出一个完整的表达

有苦难言的情感只能悄悄藏着期盼

等待一个靠谱的站台，说一声

抱歉，声音溅起满天泡沫

谜一样的猜测

迷惘的破船在水域挣扎
不知道航向指向何方
无形的绳索牵绊着
不时扰乱，一场无言的猜测

风雨总是不时卷起
无奈的约定总在时空错位
错位节奏太多，迷惑
道是无晴却有晴，脉动
胭脂泪醉了一个又一个季节
漫山迷雾没有退去的意思
瓢泼的雨湿透了，湿透了
一路没有归处的行程

撒落的咖啡

破了的挂耳咖啡撒了
一地的思念飘飞出窗口
不知道去向的咖啡香味晃荡着
在虚空中寻找前世的倩影

余下的咖啡在杯里浸润
苦涩的思念追随着飘香
在嗅觉里不停晃悠
那前世情人与今世缘
是不是同一个期约

浮动的咖啡在咀嚼中渐渐安静
深藏的情感悄悄流露
不可复制的人生
有如滔滔江水冲淡了的咖啡
在品味中静静地看着风雨
伴随花开花落，不见
记忆的回眸

三月四月天

三月天四月天
都是那妩媚的笑靥
如花般绽放在
梦幻的春天

婀娜多姿的倩影
在虚空中忽隐忽现
幽静的夜悄悄生发
一曲红尘念恋断断续续
迷惑了混沌的洪荒无边

水墨淋漓的画面和着风
滴滴答答漏了几遍云天
湿透的心潮萌动
丝丝情愫止不住欢惬

三月天四月天
那是美丽的一次眺望
延绵了万年

湿 地

越来越多的河滩

变成了湿地被装进风景

曲曲弯弯的沟壑

漂浮着浮萍

水草变换着装

挤进湿漉漉的泥巴

演绎着生物的多样性

还有，那不知名的野草

悄悄地躲在黑暗里

等待雨滴的滋润

只是不知道那刚刚飘过的幽花

留下暗香还会不会

拂过树梢的痴情

飘浮千花珠玉

手工回潮

手工制作的物件走俏

不是价值超越

而只是一份眷念，一份手心的温度

悄悄遗留下的情感

长长的细线

把遐思编织进云裳

飘飞的故事无法留住

记忆的碎片

手心温度遗落消散

丢弃的物件也许

又在另一个时空流浪

只余下物件的记忆

静静地等待主人回眸

百媚浮现，如花笑颜

隐形的剑

隐形的剑静静地待在剑鞘里
等待出鞘的时刻
不知会不会伤害太多牵念
愚痴的剑可伤及
一个最不愿伤害的幽梦

无法自拔的剑没有了主张
出鞘或者静静等待
也许都会伤害深陷其中的眷恋
只是抑郁的情感无法自拔
那就让它只刺伤自己
不要让等待没有期限

撞　衫

一次偶然却成了惊喜
撞衫也变成了情侣的瞎想
暗自窃喜，原来
心有灵犀简单如许

发芽的种子开了
嫩嫩的叶愚痴地猜想
哪一天才是欣喜的日子

不知是不是有一场热恋
在这早春二月静静修炼
等待，三月漫天朦胧的花絮
掩隐痴痴的幽影

放 下

放下的愚痴执念
转眼之间就成了笑话
破碎的故事没有结尾
料峭的寒风使呼吸严重困难

冲动的情感难以决断
谁在梗塞的神经里存了一丝念想
硬化的动脉无法接通
黏稠的血液无法到达终点

失忆的片段模糊
记错了的影像混乱

锚　定

似乎终于锚定
没有根的浮云在虚空飘飞
不知在何处惹了尘埃
没有一丁点星光照耀

空间裂缝在时间的溪流中
悄悄露出诡异的笑容
来吧，累了累了一天还是一个世纪
停下来吧，疲惫的灵魂拷问

飘浮的碎片能不能再拼接到一起
拼接后碎片还能不能成为
原来的那团云彩编织的云裳
被风点缀着
星空中摘下的花絮

弦音幽意

星辰之恋

两个类星体在远远相望

相距一万光年，太短

闪耀的光芒惺惺相惜

慢慢靠拢，相互融合

在碰撞的边缘，相守

还是来一场轰轰烈烈的拥抱吧

哈勃太空望远镜窥视

到宇宙往昔

倾听类星体的呼吸

揣测，这是不是宇宙的起源

或者是年迈的星系

想悄悄地牵住

点亮宇宙的烛光

人们不知道

这宇宙舞会，会不会

是一场狂欢，那咆哮的能量

会不会温柔地相遇

拥抱，还是绽放

火树银花洒落，会不会

诞生，一个新的星系

是星系坟场，黑洞白洞

搞不清这一连串悬念

一个个，永远无法知晓的迷局

太空的舞会到处闹腾

缀满星系流苏的星云飘游

宇宙皇冠上的明珠闪耀

星际航程不知道驶向何方

也许，那虚空深处

有几个高度发达的文明

在进行一场星际联姻

一场婚礼搅动了

九天欢宴，帝国

无边的欢惬

吞星兽成了油锅里的珍馐

或亮或暗的抖动

燃起惊悚烈焰

黑洞积淀了太多幽怨

消失或变幻，星云

在太空流窜的宇宙风

卷起了宇宙风暴

不知道是生是死，黑洞与

白洞交替绞杀，遗失坐标

纠缠的平行世界

准备了，几套着装

无缝连接掩隐了一个个恐惧

多维时空骗过一个个思量的

宇宙幽灵，不知道躲藏在何处

戴森球有没有在星空文明

自主领取执照，或许

还有一个信号密码没有传来

也可能不屑一顾，这地球人太过渺小

天庭的神性有太多隐晦

爆炸的膨胀又如何

在瞬息间风行亿万里

奇点，太过奇妙的奇点诞生遐想

直落九天的银河架起鹊桥

七夕之夜有很多的情话

为伊消得人憔悴，可天上人间

可能不是同一传承

太阳系离比邻星不远

几光年只是宇宙的一小段

只是不知道飞船能不能

带着冻眠的机体再一次醒来

第二宇宙速度，只把

旅行者送到太阳系的边缘

回眸一眼的抑郁

没有看到母星，那蔚蓝的星球

犹如一粒灰暗的尘沙

掩隐在茫茫宇空，缺少

存在感的标点，遮住

一片光年的陨石海，柯伊伯带

挡住多少未知的风险，围栏

也许，这里是宇宙的一个流放点

迷惑了几个世纪的智人

终于找到了兴奋点

金星的残酷环境，惊吓

不是一点点，火星

或许有史前文明

火星车发现了一个个疑点

可又失望连篇，结局也许是

猜测，只是一大堆猜测

也许

还真是，史前文明中转的遗迹

探索太阳系文明的站点

一个重大发现，也可能

是最大的盲点，无法理解的变迁

月球成了伴星

牵动地球海洋的潮汐，四季

默默转动，轮回几十亿年岁

神秘的轨迹很难

找到可以替换的构架

引力波传来，黑洞合并的涟漪

中子星有没有信号发射站

天眼收到的信号，是问询还是求救

或是外星人费了好大劲发来的邀请
绝不要回复，更不要暴露天眼
不要让外星人知道，这灰尘之上
有一只窥视的大眼睛
注视着这茫茫宇宙，一群智人
泛起，走向星辰的梦魇

艰难地起步，只能把
几公斤的物体抛向轨道
争抢着登上月亮
火星车乱窜，旅行者远航
国际太空站遨游，疲惫
航天飞机去了博物馆
空间竞赛接力，天问一号
又一棒空天轨迹在刷新
千百年梦想
不走向星辰，是不是就
没有永恒的未来

学长们不知道，那宇宙外
还有没有另一个镜像的宇宙

更不知道那宇宙墙

是不是与城墙一样

墙外还有许多生灵的存在

不知道那渐离渐远的宇宙

要膨胀到猴年马月

那未知的空间，那未知的宇宙

是不是更高维度宇宙空间

还是根本就没有更多的宇宙

只有一个个幻影

静静地注视着

注视着，这一群无知的生物

数着那永远数不清的星宇

还没有醒来的星辰之梦

又落入，梦幻中

洪荒无极

贾湖的骨笛吹响

忧郁的曲调有几多哀伤

文明的曲谱翻了一页又一页

断层，还是愚昧

陶片上的十几个符号

藏了一个谜，鸿蒙

掩隐朦胧，一个个传说

演绎成了神话

楔形文字有没有记错

王的统治几万年一个时代

身高数丈的巨人

也许与恐龙同一时代

高氧气含量孕育了

巨型生物的天堂

蜻蜓也有巨大型

也许真的是那个时代的宠物

天龙与凤凰是一个美丽的童话

山海经记载的是哪一段

开天辟地的史诗

洪荒的天地有太多畅想

麒麟是瑞兽还是一个想象

鲲鹏展翅千万里，扶摇直上

九天有几层，深邃的空中

有没有女娲补天的残影

遗留在不周山

白雪皑皑的峰巅

金字塔巨大的石块

垒起一个个坐标

指向外星座的方向

有几个念想，也许那星外

有一个惦念在不断纠缠

纠缠另一个自己

还是另一个星系文明世界

在轻声呼唤，错了坐标还是要献祭

惹得玛雅祭师急急忙忙

带着族人匆匆消失，太阳殿

只留下一幅开着宇航船的雕像

三星堆的神树上，金鸟

嘀嘀咕咕喧闹不停

铜人手中的象牙定位器虚化成灰

纯金的假面有两个大大的蚕眼

高高的鼻梁似乎在傲视

那残破的黄金权杖

可谁又能读懂，那

巨型假面后面的傩舞

祭祀的青烟不再，流溢

金沙，黄金剪贴的太阳照亮了

古蜀的山山水水，延绵汇入

那奔腾流向东海的长江

良渚的温玉滋润着

一江春水的遗孤

山丘与湖河的交汇

孕育一座奇特的城郭

水，铸就了良渚的灵魂

奇思妙想的治水，成就宏大伟业

开启一个时代，大禹九州

在江南水乡熠熠生辉，子嗣繁衍

祭祀玉琮流传，九鼎传布王的威严

殷墟的甲骨记载下

征伐蜀国的占卜

妇好英勇杀敌的故事

大西域鏖战，带回

外夷俘虏，黑白头骨陪葬

姜子牙封神，没有

湮灭夏商的足迹

鼎盛的青铜器皿铸满，金文

易经成了万书之源，占卜

春秋转换，来得毫不犹豫

战国的战车驶向，都城九轨

通向东西南北的直道

杀出，大秦帝国的威严

破碎的国土又回归一统

伸向南越的海疆万里，流长

孟姜女凄凉哭倒，长城一角

风沙掩埋下，一个小小的角落

没有等来长生的秦始皇

悄悄地建了一个皇陵

金字塔一样的风景

威压着一个个，千古帝皇

遗落一支陶俑大军，守护魂灵

百家的争吵终于平静

董仲舒把儒家学说请上了神坛

大风起兮云飞扬，汉武挥鞭

犯中华者虽远必诛，血腥

席卷的血腥终于把敌人瓦解

昆明池成了水军的练兵场

长门赋花了黄金百两

双飞燕终于躲不过

一抔黄土，一缕青烟

听不见昭君琵琶反弹的乐府小调

掩隐在黄沙飞扬的大漠

幽游，伴着苏武牧羊

窈窕淑女

成了抢手货，可又有谁

躲过，红颜祸水间

一次次的世事更替

悲凉的结局

强大的帝国又落入虎口

硝烟，四起的硝烟锁了二乔

烧了赤壁，吹散了雄心

收起了战鼓

三足鼎立没有假说

一个个支离破碎的梦

烧灼着惆怅的心愁

杨柳岸，运河畔

追逐着烟花三月

琼花开满扬州

血汗，开掘河床却载不住

奢侈的阔绰，杨家隋朝

变成了李家的大唐

几度兴衰几次欢欣

难掩泪血浸湿的衣襟

盛世开天，歌舞诗酒

安史之乱又催着贵妃

在白绫下魂归九天

花想容的幽影，凄凉

回归万山红遍的春信

又让另一块无字碑

掩起头盖，成全醉酒的无言

终落得，问君能有几多愁

恰似一江春水向东流

一杯浊酒夺了兵权

却也舍弃了坚强的守护

又有几个先天下之忧而忧的剑舞

满朝多是，隔岸欢唱的后庭花

孱弱的徽宗只好在大辽

留下悔恨的词语

痴痴的宋词变了味

怒发冲冠满江红

风波亭落下，一杆

指向南北胶着的战旗

载不动忧愁的小河，在江南

淹了多少豪杰

剪了又剪的灯花

擦了一遍又一遍的弯刀

收归革鞘，还是锈迹斑斑

锈迹斑斑的弯刀

再抽出，已无锋芒

铁蹄，迂回的铁蹄

写上弯弓射大雕

绝迹的飞花令换了调

《窦娥冤》《牡丹亭》，一曲曲悲歌

一次次沉默下的心酸

满天流窜的遗憾

结成了无数个期望

借着波斯明教的号令

翻天，明朝的皇城根

又从六朝古都迁到燕京

一条万里火烧的砖墙

横立在秦长城旧址

想堵住由北向南的游击

一度安详的关内

还是没能阻止清朝的南下

几百年，太过安逸的几百年

刀枪布阵变幻成林园，奢华的江南园林

消弭着铁甲金戈的斗志

条约，一个个不平等条约

沾满了血汗，换来烟土

一个个健壮的武夫成了

东亚病夫，破产农樵

变法西学洋务运动

依附着洋人的买办

终究无法改变这耻辱

新的希望又被军阀抹杀

混战割据易帜拉锯

千疮百孔的大地

燃起怒火，北伐

发起革命军

结束了割据

反手又残杀了盟军

一个独裁的内核

如何建起新的国度

虚假的黄金十年

命脉把握在列强之手

重在打内战的将帅

痛失南京，西南一隅偏安

想保住摇摇晃晃的实力

牵手盟军，扶住破碎的江河

延安的风流在山城燃起篝火

千里冰封的北国风光

硝烟弥漫

迎来一场决斗

无情的决斗

摧枯拉朽，风暴

席卷大地的风暴

吹走了一切，一切的一切

都要重新规划重新构建

一个新的中国，一个

新的世界，一个新的地球

未来之梦

地球，一天二十四小时自转

太阳从东边升起又从西边落下

循环升起落下的错觉

让人们错误地以为地球

才是世界的中心，哥白尼日心说

迈出一步，宇宙的视觉改变了方向

太阳系银河系本星系超星系

宇宙的面纱下终于，渐渐

透露出真实的面孔

一颗小小地球

一帮蚂蚁一般的智慧人种

成了宇宙自我意识觉醒的载体之一

想知道，宇宙的其他地方

还有没有智慧生命

宇宙的大脑，在不在地球

又或是，在宇宙深处

宜居的星空还有多少

星外生命，有没有深度算法

模拟出，整个宇宙的智慧体系
文明程度的层级，如何分布

太阳系，人族的太空飞船
在宇宙宇航站不断跃迁
超出光速百倍的飞船
载着礼物要参加宇宙联盟的典礼
一个更大范围的联盟
连接了无数超星系
百亿光年的距离，只需几个转换
宇宙外，连接的界墙有了通道
虚实转换间就到了另一个世界
高维度低维度不再是阻碍
各维度空间虚化转换
一个个数据备份的中心
在有条不紊处理
来自各宇宙世界，各处
生灵的层级
连接发送到各个适宜的停靠点

混沌的太空还是有些危险

黑洞白洞，还有涨落起伏爆炸不断

恒星，老了的恒星

无法控制能量的引爆临界

空间裂缝不知道什么时候会出现

碰撞，到处破碎的星空碎片

不时成了炮弹，穿透

飞船无法再续航

又如何到达星际外，那

一片片绚烂的星域

大数据智慧城市智慧区域

让人们自由自在流动在技术世界

每个人都有发展空间

只要愿意，可以选择居住的星系

可以选择宇宙中任何一个能够抵达的工作地点

可以不用考虑生老病死

基因增强剪辑编辑

让智人获得强大的自主变异

人工智能成为人类的辅助

一切杂务都由机器人

不知疲倦地承担

机器人也成了人类的一分子

机体部分换上机器原件

分不清，分不清半机器人还是人类

也许，控制世界的就是

背后控制大数据中心的超级电脑

才是世界的真正主宰

荒古修仙的世界难以恢复

世界资源已难以支撑

灵气暴涨的祖地，有太多的杂碎

开天辟地的原始洞天已掩隐在虚空裂缝

无法找到合适的灵气

何况到处是极低的温度

到处是微波暗物质，也许

反物质就悄然依偎在身旁，不知道

哪一天可能突变，湮灭的世界

又有几个生命能重生

也许这一切都是虚妄

人类根本无法脱离太阳系

这个让人悲哀又有些眷念的栖息地

正当壮年的太阳升起又落下

花开花落的季节

牵着木芙蓉黄菊枫红

撒下一片片金黄，挂上

树梢的果实填满果腹，滋养着

牢骚满腹的人类，折腾着

被温室效应吓破了胆的学者

饥渴的沙漠没有滋润的雨滴

沙棘在风沙中摇曳着瘦弱的根茎

草原上牛羊成群吐出混浊的二氧化碳

乳白色的奶酪有些发黄

蒙古包变成一排排奶牛厂房

可可托海的新娘盖头飘浮泪花

庄园没有多余的土地

葡萄熟了要酿成葡萄美酒

倒进夜光杯里邀请李白诗笔

醉酒的贵妃忘了，几世再见

霓裳曲又让唐明皇惊掉了下巴

海水稻挤进餐桌发出惬意的微笑

人造肉没有多余的脂肪
生物制药精准到基因编辑

老了的岁月有太多遐想
一见钟情的记忆烫伤了情感
老年社会的结构很是困难
倒三角违背了自然法则
养老成了沉重的负担
居家候鸟搭伴邀约，养老模式
各有酸甜苦辣，养老院
成了最后的归处，生儿养老
又回归了养老的传承
生老病死，最麻烦的还是
那病痛的恐惧
只有，那不在意的心念
淡然地注视，这无法逆转的风车
随着岁月，在云天飘摇

好在，那春天的花信又吹拂
自然的四季好好的，没有离开
偏离的轨道又回归，传承的香火

又开始生机勃勃炊烟袅袅

可爱的呢喃随着摇篮曲

沉入夜空，寻找那个星宿

缀满银光闪闪的星星

自由遨游在无尽的宇宙星空

万物互联的世界

拥抱迷人的云天流光

哪怕，那是一个

虚拟的平行世界，仍然迷惘

跋

人类、宇宙与诗歌

　　有一种衰老叫岁月，从某种意义上讲，岁月确实也是会老的，因此，恐惧的人类就想要逃离地球，逃离太阳系。最形象的大概就是流浪地球，可无知的人类可能只能待在太阳系。因为，虽然有可能有比人类文明更高的文明，但他们所在的星系可能与太阳系一样正处于壮年，或者更老得多，费了九牛二虎之力的人类就算寻找到了这个宜居家园，顺利到达，所得到的结果与在地球上可能是一样的。找到一个新的宜居星系，星系也会有老去的一天。因此，人类必须不停地寻找宜居家园，虽然太阳系未来有几十亿年时间跨度足够人类去寻找移居和再寻找再移居，可宇宙能量是不是也有枯竭的一天？

　　对只有短短几百万年历史的人类来讲，在整个宇宙中的时间跨度太短，更不要说宇宙以人类文明自觉的时间只有短短的几千年。假如别的宜居家园已经有了更高级的文明，并且并不友好，人类文明就存在被毁灭的风险。因此，对地球上的人们来说，应该好好珍惜眼前人类文明，保护好地球自己的生存环境，以便为下一代保留较好的地球居住条件。

而对于只有短短几十年的人类个体而言，好生对待地球，不要膨胀到宇宙都是你的这样过于贪婪的旋涡，从而误导人类走向自我毁灭。因此，人类文明还是要有节制地获取地球的资源，而不能无限制地被欲望贪婪所迷惑。适度开发与适度竞争才能引导人类文明从地球文明走向宇宙文明。人类应该有这样的自觉，也必须有这样的自觉。地球外太空不应该由个体或经济体所拥有，必须属于全人类，这样人类文明才会是安全的，并顺利发展提升为宇宙文明。

宇宙星辰是人类始终渴望的秘密，走向宇宙星辰是人类最原始的梦与神话，而浩瀚无极的宇宙星辰却让人类显得极其渺小和无力。因此，保护好地球现有的生存环境就与走向宇宙星辰一样重要，甚至显得更为迫切。

现代汉语诗歌应该关注宇宙星辰，观照这个时代飞速发展的各个方面，观照人类的未来。

本集将当今科学技术前沿发展乃至科幻等要素引入诗歌创作，是我对这些发展有了深度理解，自然而然地在诗歌创作中抒发出来的诗意整合。

我在自己的散文诗集《飘浮的碎片》里提出过现代汉语诗歌创作可以整合古典诗歌与新诗歌。因此，在本集创作过程中我有意无意地把古典诗歌的一些元素化入创作之中，只是不知道是不是有些生涩，或是根本没有体现出来。

　　想那远方之事，前几十年似乎与自己没有太大干系，之所以一直念叨着这码字之事，其实也就是喜欢，从小就喜欢。新诗歌也好，古典诗词也好，小时候那些没能看懂的意象意蕴，把一个懵懂少年的心给迷住了。因为喜欢，故有了空闲就乐此不疲。

　　自知无力把宇宙星空无与伦比的景象描绘得像首诗，只是偷来了一缕杂音，故将集子中诗名《多余的弦》作为书名。若有相似或学舌之处，绝非故意抄袭，在此致以歉意。

　　我在多年创作过程中得到了各方面的关心、关爱、支持和帮助，在此向所有关注、欣赏、支持、帮助我的诗刊、编辑、诗友、亲朋好友及读者致谢。

童启松

2022 年 5 月